INK

文學叢書
301

發現小說

閻連科◎著

目次

第六章　神實主義

普遍存在寫作中是一種有意無意的嘗試和散落，如隨風而逝的種子隨意地在荒野和山坡上開花和結果，頗有自生自滅的荒莽和聽天由命的無為而治。

自序
誰人是作家？

誰人是作家？這話也可以這樣說：作家是誰人？

這種對作家和寫作懷疑的坦言，在大陸說出來，怕會被同仁和朋友們的口水活活淹死，之後朋友們還會在媒體上說：我們把金玉良言都給了閻連科。

四九年或更早到延安文藝會議之後，革命者對現實主義的推崇和利用，讓現實主義不再是文學而淪落為政治的工具。直到今天，文學都沒有大過和超過權力的高度，這是大陸文學今天刺梗在喉的難堪和傷痛。當然不能說大陸沒有超越政治的文學那至極無知的話。而是說，我們的寫作超越權力、政治的作品並不多。既使你的寫作超越了，作品的好壞卻還得由權力來評判，並不可以完全由讀者、批評家們說了算。

其實，時間也是被權力操控的。當我們把評判交給歷史和時間時，那也要看看權力願意不願意寬容時間和歷史。沒有權力對時間的寬容，沈從文、張愛玲在大陸是沒有今天的。因此說，大陸天天都在談論文學的現實主義，卻忽視了那環境是不允許真正的現實主義作家產生的。

二十世紀世界文學的現代性經驗成為了大陸今天當紅作家們的寫作祕訣。用三十年改革開放的良機，終於完成了將西方文學現代性從皮毛走入骨髓的這一漫長的移植、交配與生育，終於使大陸文學有了血液現代性的改良與新生。可結果，出生並長成的兒女，總讓人看出些高鼻梁和藍眼睛的嫌疑來。那麼，為何東方的土壤就不能催生真正屬於中國文學的純種現代性？孕育真真正正的東方文學的現代性？以東方式的現代主義寫作，來刻寫東方人的人生經驗難道就是不可能的事情嗎？

允許你把小說寫得和《紅樓夢》一模一樣，這會得到廣泛的贊許和認同，但你把小說寫得太像了卡夫卡，那就必須在你的書頁上夾兩頁衛生紙，預備去擦抹讀者和批評家咳吐出去的痰水了。中國傳統總是偉大的，西方現代經驗就不一定了。說到底，這也是愛國主義表現之一種。

大陸文學能否真正的擺脫二十世紀西方文學的影響，完成東方文學自身的——完完全全是自己的現代性？

而東方的現代主義又是什麼呢？產生了還是正在孕育的過程中？

能否以東方人自己的眼睛，而不是西方的目光理論去認識西方文學或二十世紀文學的整體和獨特？

能否從大喊大叫的傳統繼承中跳出傳統來，一如從對西方文學的默默學習中跳將出來俯視西方文學呢？

能否讓文學大於並高於權力、政治、國家、民族與黨群？能否可以用文學的樣式——作家「個人的目光」——在對「人」的最大、最高的尊重中去審視、審判權力、政治、國家、民族和黨群？從而讓文學真真正正的、徹徹底底的回到對人、人性和愛的理解與尊重上，從而完成一種真真正正的中國文學的現代性？完成世界文學中的「東方主義」或「東方主義的世界性？」

從這些疑問和理想說開去，誰又能說誰是真正的作家呢？

誰人是作家？作家是誰人？

二〇一一年八月二十五日　北京

第一章

現實主義之真實境層

我是現實主義的不孝之子

我是現實主義的不孝之子——這句話來自於我為我可能已經徹底無法出版的新作《四書》準備的後記〈寫作的叛徒〉寫完之後。在那篇後記的開頭，我這樣寫道：

終於把自己稱為「寫作的叛徒」，讓我猶豫了許久。因為這是一種太高的榮譽，我自知不配這樣榮耀的美稱，如同阿Q不配姓趙一樣。然最後還是把這句話寫入《四書》的後記，是想到《四書》中有許多對「習慣文學」變節的筆墨，即便稱不上真正的背叛，也還是一種端倪的開始，權作為對今後寫作的激勵，也就這樣寫下罷了。

我總是懷著一次「不為出版而胡寫」的夢想。《四書》就是這樣一次因為不為出版而肆無忌憚的嘗試（並不徹底）。這裡說的不為出版而隨心所欲地肆無忌憚，不是簡單地說在故事裡種植些什麼粗糧細糧，花好月圓，或者雞糞狗屎，讓人所不齒。而是說，那樣一個故事，我想怎樣去講，就可能怎樣去講，胡扯八道，信口雌黃，真正地、徹底地獲得詞語和敘述的自由與解放，從而建立一種新的敘述秩序。建立新的敘述秩序，是每個成熟作家的偉大夢想。我把《四書》的寫作，當作寫作之人生的一段美好假期。假期之間，一切都歸我所有。而我——這時候是寫作的皇帝，而非筆墨的奴隸。

我，就這樣去做了。努力做一個寫作的皇帝與叛徒。

從這些關於文學的胡言亂語中，可以看到我對某種「寫作習慣」逃離之急切，到了激憤、偏頗和張狂的地步。為什麼會是這樣？在準備寫這本小冊之時，我多少有些明悟過來：之所以要做寫作的叛徒，或緣於自己是現實主義的不孝之子。有個才華出眾的青年作家，曾經告訴我說，在中國的網站上，有一家網站之園地，是專供「八〇」、「九〇」後出生的孩子們上網到那裡發洩他們對父母的仇恨。上網到了那兒，一如精神的犯人卸下了內心與道德的鐐銬，大家就可以志同道合地謾罵父親、母親，共同訴說他們的可恨、可笑之處，公布父母那些為人不齒的荒唐、卑劣的行為。總之，在那兒，兒女們可以不被兒女的倫理所約束，攻訐父母如同攻擊自己在世界上最為仇恨的敵人。就是說出「我真想殺了父母！」那樣的仇倫驚人之語，也一定有人群呼應，如同你喚出了一代人共同的心聲。

青年作家與我說得繪聲繪色，讓我愕然不已，但我又絲毫不懷疑那話、那事情是假情虛構。現在，對於現實主義，我也正有那園地網站上最為真情和聲嘶力竭的吶喊：「我真想一刀殺了它們！」真的，對於現實主義——對於中國當代文學中的現實主義，我就像那個開門走入仇恨父母之網站的年輕孩子：「我真想一刀殺了它們！」

我確真是一個現實主義的不孝之子。對它們的逆叛、厭惡到了如此的境地，這讓我有些惶惶不安，手足無措，如同去準備行凶而又良心未泯的罪犯。罪犯最大的敵人不是他的對手，而是他的良心。而我在詛咒現實主義的時候，最令我痛苦不安的，是我靈醒明白，我無法徹底地告別它們，逃離它們；更無法真正地一刀殺死它們。置它們於死地而後快！一如一個逆子把刀擱在父母的脖頸上時，想起的卻是父母含辛茹苦的養育之恩。而那種養育之恩，又無力讓這行凶的孩子放下屠刀。最終悖理矛盾的結果，就是這個逆子不得不在選擇、詛咒中逃離家庭，流浪遠方，到一個沒有方向的寫作的荒原，孑然獨立，長默無語。

控構真實

一七一九年《魯濱遜漂流記》問世的時候，笛福不會想到他在為現實主義寫作奠定著兩塊根本的基石，那就是經驗和真實。經驗是現實主義的土壤，是每個讀者感同身受的必需，是作家與讀者共同體驗的默契。而真實則是土壤的結果，是作家的目的。是作家通過經驗向讀者可靠的傳遞，也是作家從讀者那兒獲得認同和尊敬的法碼。真實是現實主義作家的錢幣，這種錢幣越多，他就可以在讀者面前有更多的換取和交換。經驗不是作家的財富，而真實才是作家信譽的銀行。為修建自己真實——財富的庫房，以屯積美譽的錢糧，作家通過人物、環境、故事、情節、細節、心理等各種手段和磚瓦，以求建築最為真實的景觀，達到真實的無與倫比的輝煌。

當然，在走向真實的途道中，作家與讀者共同蓄謀了人物——這份最為重要的合約。於是，作家嚴格按照合約而寫作，讀者嚴格地按照這份合約而驗貨。彷彿最初人們在創造錢幣的時候，原是知道交換是目的，錢幣只是交換便利的手段。然而到了後來，當發現錢幣可以達到一切目的時，錢幣也就最終成為目的了。於是，假的錢幣應運而生，橫行天下。如同為了預防假幣在世面的流通，真的錢幣便要不斷地深化它的創造、製作和更新，真實也就在現實主義中不斷地發展和掘進。到了現在，現實主義也就在不同地域、不同時間和不同文化背景下有了不同層面的真實：

(1)社會控構真實——控構現實主義；
(2)世相經驗真實——世相現實主義；
(3)生命經驗真實——生命現實主義；
(4)靈魂深度真實——靈魂現實主義。

當真實成為現實主義的寫作核心時，真實也就有了這四個層面的舞台。那些為現實主義而努力的作家，大抵都在這四個層面上舞蹈或歌唱，徘徊或悲戚。他們中間，有的在第一層面虛語空歌，為了取悅廣眾的信任，不免會有意無意地舞蹈到第二層面上做出莊嚴的樣子，如一個演員從台上下來，到台下和觀眾握手，親和的樣子，讓不明真相的無知人群感動和哭泣。這種在第一層面編演的控構真實——控構的現實主義，多在強權、集權國家和意識形態濃重的體制下產生和盛行。強權、集權有多麼威赫，意識形態就有多麼濃烈，控構的現實主義與控構的真實就有多麼的龐大和簡陋。希特勒統治時期的德國，並不是沒有文學與藝術，只是隨著法西斯專制的結束，那種簡陋喧囂的藝術也從第一層面的舞台上謝幕退場。換句話說，那謝幕的不僅是文學中被控構的現實主義文學，而是社會控構的某種真實。如科爾本海爾❶和戈培爾❷等，前者的歷史小說《帕拉塞爾蘇斯》是第三帝國國家文學的大紅之作；後者的長篇小說《邁克爾：日記記載下的一個日耳曼人的命運》，以文學的樣式表現了納粹和法西斯主義的全部特徵，並且吸引了那個強權時代許多的狂熱分子和年輕人。但在時過境遷之後，這些作家的作品，今天再也無人提及，只多成為文學的木乃伊置入德國文學史的行列，供那些研究者在歷史的塵埃中去掃灰翻擺。蘇聯時期對俄羅斯文學的更替和取代，也曾經產生過一大批社會控構真實的控構現實主義作家與作品。維・葉羅菲耶夫❸在蘇聯解體之後寫出的那篇震驚世界的〈悼亡蘇維埃文學〉的著名文章中，很清楚地寫道：

蘇維埃社會主義現實主義文學的巨塔是根據斯大林——高爾基的方案建起來的傳世之作，它具有巴洛克式的風格，裡邊居住著形形色色的阿・托爾斯泰、法捷耶夫、帕甫連科、華拉特科夫和蓋達爾們，人數眾多，不勝枚舉。儘管其中不乏一些濫竽充

數的劣質品，但是這巨塔依然沐雨櫛風數十載，甚至影響了社會主義陣營其他國家的文化。❹

這段話道破了兩個祕密：一是控構真實——控構現實主義產生的根源，即權力；二是這種控構文學影響了社會主義陣營其他國家的文化。當然，維．葉羅菲耶夫沒有把這話延伸下去，但我們中國的作家與讀者，都對此不言而喻，心知肚明，明白我們飲用河流的一隅源頭在哪兒，是什麼。

「控構」一詞，至少有這樣一種含意顯而易見，那就是「控制的定購和虛構」。控制是權力的行施、壓迫和強行；定購是權力在開好訂單之後作家以良心和人格的喪失為支票，在那訂單上簽字、畫押、採購的互利買賣。但這中間交易的，是看不見的商品，即：雙方共同努力從空無中平白虛構和從經驗中無限誇大以及把個案當作普遍推廣的那種幾乎不存在和存在必就在歷史中曇花一現的文學真實。這種虛構的真實，是控構現實主義存在和讓人們信可的核心與條件。這樣的文學在九百六十萬平方公里的土地上由來已久，超越了半個世紀，而且根深葉茂，碩果頗豐，沒有人再懷疑它的虛幻性和真實性，就如人人都相信山東蓬萊的蓬萊仙閣和海市蜃樓。你可以終生見不到海市蜃樓的出現，但你一定相信那是幾乎存在的虛幻之真實。控構的真實亦是如此。因為國家需要控構的現實主義，控構的真實就成為這種現實主義賴以存在的基石，久而久之，作家與讀者，也都相信這種真實的存在。這種真實成為幾代作家生存、思維、寫作和立世的必需。

中國的宣傳、文化機構和中國作家協會在諸多工作上的文學努力，幾乎就是要打造和完成控構現實主義。具體的方法，就是塑造文學中的虛幻真實。要把控構弄得眼花撩亂，如真的普遍存在，並且極其突出，倘若它不成為國家文學的主幹就有愧於時代和真正的社會現實一樣。

歐威爾的《一九八四》成為名著和寫作的典範，實在是對整個世界各國控構真實的絕妙諷刺。《動物農莊》文學的藝術完整性遠大於《一九八四》，但《一九八四》的盛譽，讓它成為了兄長，而《動物農莊》成了小弟，這有賴於控構真實不僅是在某些國家和意識形態盛行的地域，而是在世界上所有被權力支配的地方。而權力，在世界上的普遍性，也正如人對水和空氣需要的普遍性和必然性。如此這般，控構真實——控構現實主義的存在性就在於它和權力結合的完美性；它的真實性在於普遍存在的虛幻性。到了今天，要打破控構真實這有如空氣和水精心建造的樓廈器物，舉手反對的不僅是權力和社會意識，更可怕的還有那些用時間和無數作品培養的讀者和作家。大批讀者的擁戴，成為控構現實主義存在的一種理由時，就如成千上萬的人舉手贊成要把懷揣真理的伽利略絞殺一樣。所幸的是，今天的中國文學，不僅有人為控構真實而寫作，而同時也可以為世俗真實、生命真實和靈魂探求的真實而寫作。一些作家在權力場和名利場上為控構真實而不辭辛勞，另外一些作家，則在書房中為世俗真實、生命真實、靈魂真實寂寞倔強地努力與進取，這就是今天我們的文學要比影視和舞台藝術更有可敬之處的原因之所在。

世相真實

郝思嘉本來愛的是艾希理，然而命運多舛，三次嫁人都不能和心愛的待在一起，直到終於在多難的歲月中，發現自己真正愛的不是艾希理，而是白瑞德時，白瑞德卻毅然地離她而去——這個愛情故事決定了《飄》是一部世俗現實主義的經典基礎。我們把經典兩個字用在瑪格麗特．米切爾的頭上時，不僅是因為這部一九二六年寫作，一九三六年問世的作品，即刻間風靡全球，讓好萊塢又成就了一位光彩照人的奧斯卡巨星，更重要的是，作家把這個故事置放在美國南北戰爭莊嚴的背景之下，並且在她的敘述中，傳達了作家對文學誠敬的態度。如果不是這兩點，瑪格麗特．米切爾就不是世相現實主義，而僅僅是世俗主義或者乾脆就是庸俗主義。世相現實主義在世界範圍內是最受歡迎的寫作之一種，是現實主義寫作中最易成功和最為安全的筆墨。而它的風險在於世相現實主義和庸俗主義只有一牆之隔，彼此間門窗相連，常常會你來我往，互串門戶。庸俗現實主義追求的是特殊人群或階層認同的真實；世相現實主義，超越這一點，力求達到更為廣眾的世俗認同。沒有廣眾對世相真實的認同，就沒有世相現實主義的核心存在。繼瑪格麗特．米切爾在十九世紀上半葉的成功之後，英國的毛姆緊追不捨，又一次穿破庸俗的風險，抵達到了世相的成功。毛姆小說的故事大都和廣眾的喜聞樂見藕斷絲連，可他的絕妙在於自己語言的睿智和戲謔巧妙的結合，完成了西方讀者對幽默的內在需求。而在小說的故事和人物上，又多為擇取那些可以讓讀者從名人軼事的真實中對號入座的演員、作家、藝術家和畫家的菁英階層，這就輕而易舉地完成了世相現實主義需要的世相真實，不需要讀者在他的小說中過多苛求真實因果邏輯的合理與推進。《月亮和六便士》之於大畫家高更，《尋歡作樂》之於大作家哈代，《刀鋒》和《劇院風情》中之於的那位學者與毛姆自己追求喜愛過的女演員，無不借助生活中曾經的真實而通向讀者不需思考就可感知的文學的世相真實。毛姆和瑪格麗特．米切爾的寫作，他們的故事、人物、文化背景以及地域國度，幾乎是南轅北轍，不可論比，但在世相現實主義對庸俗真實的超越而抵進世相真實這一點，實在是異曲同工，旗鼓相當，無非表現的方法，彼是努力以悲劇的面貌，此是輕易完成喜劇的描繪而已。

庸俗的真實拒絕思考和深刻。

世相的真實貌似思考和深刻。

生命的真實追求思考和深刻。

靈魂的真實完成思考和深刻。

在貌似思考的這一點上，世相真實與控構真實有其相似之處。只不過後者建立在共同無意識的基礎上，前者建立在共同經驗的基礎上。世相真實的世相現實主義，最為依賴俗世社會的共同經驗。它以對共同經驗的歸納和細微，取悅於讀者對它的認同和讚美。為了共同經驗的再現，他們常常細碎、巧妙地把幾乎人人都感同身受或懷有強烈好奇的風俗作為寫作的資源而在小說中津津樂道。如果不以寫作的年代和文化背景為論，只從文本的呈現出發，現實主義的巔峰作家巴爾扎克在這一點最為突出。他要努力做一個巴黎社會的書記員，就不能不對當時巴黎各色人等的世相風俗進行油畫般的刻寫和描繪。為了穿越世相的真實接近或抵達更深層的生命真實，在巴爾扎克那兒，不得不把世相的真實作為生命真實的底色塗在他的書寫中。在這種世相真實的書寫裡，社會風俗是巴爾扎克的魅力與用心。當然，把巴爾扎克說成是世相現實主義是大不敬的荒謬，正是這位大師把我們引領著穿過世相真實而看到並感同身受了生命真實的光輝，但我們在他的作品中駐足留心時，我們也確實看到了大量的世相現實主義中世相真實的筆墨痕跡，讓我們在大師過多的作品中，感受了世相現實主義的存在與展示。

於世相世俗來說，與巴爾扎克這種不慎留痕的寫作可類比的中國作家有沈從文和張愛玲。就其一生的整體寫作，他們毫無疑問都已超越了世相現實主義，接近或達到了生命真實的高度，但在他們最為代表的作品中，卻不無遺憾地滿布著世相、世俗真實給他們贏來的榮譽。《邊城》的成功，在於沈從文對複雜、深刻的社會現實的有意逃離，從而讓對思考的逃離也成為一種對現實的思考，如同《桃花源記》也成為陶淵明對政治和戰爭等尖銳現實的反動一樣。整部《邊城》的描繪，就是對湘西世俗風相之消失的傾心禮讚。因為動亂世界和現代社會的步步逼近，文學對消失的挽留，完美的吻合了讀者對懷舊審美的高度契合，這是《邊城》在審美上和一代代讀者不期而遇的幸運。

由於邊地的風俗淳樸，便是作妓女，也永遠那麼渾厚，遇不相熟的主顧，做生意時得先交錢，數目弄清楚後，再關門撒野。人既相熟後，錢便在可有可無之間了。妓女多靠四川商人維持生活，但恩情所結，卻多在水手方面。感情好的，約好了分手後各人皆不能胡鬧……❺

《邊城》中這樣來自生活底層的世相之美，在今天的商業社會中已經蕩然無存。然這種不復存在的人情世事，卻讓我們更進一步地想念那隅遙遠的邊城之地和《邊城》中的細微描繪。這是直到今天仍然使寫作者與讀者對《邊城》懷想的原因之一。當然，更為不可小覷的是，《邊城》那漢語本身的美和詩意。不為了故事和人物，僅僅是隨手翻開的半頁幾行，它的行文之字詞，就給人帶來一種深巷老酒的享受，這是沈從文和《邊城》獨有的魅力。與此可就同論同說的，還有汪曾祺的寫作，幾乎是以三二短篇，立足天下，受到的寵戴讓他同代和後代的作家們望其項背，不免會使許多人心生嫉意。這都證明中國讀者和研究者對世相小說之世相真實的偏愛和寵溺，但這有一難以達到的前提，那就是這類小說必須有準確、真實的世相描寫和精美獨立的語言文字。

張愛玲的《金鎖記》、《傾城之戀》、《紅玫瑰與白玫瑰》等小說，從世相描繪到世相真實的努力，都與《邊城》一樣，放棄著對生命真實進一步逼進的可能，為世相世俗真實而不惜文墨，並都樂此不疲，不遺餘力。但這也正說明一點，在中國的文學傳統中，批評家的大度與讀者無邊的寬容，昭示並證明著世相真實的世相現實主義，在中國文學中不比生命真實的生命現實主義趨矮趨弱，同樣可以經典和不朽。因為我們不僅有《紅樓夢》那生命真實的生命現實主義的偉大作品，也有《金瓶梅》世相真實的世相現實主義這脈文化傳統。而且更為重要的，是我們文化中由來已久的控構真實的控構現實主義的存在與旺茂，使得世相真實對控構的虛幻真實有了反動的力量，從而也使世相現實主義有了別樣的意義和生命力。

世相現實主義的另一代表作品是錢鍾書的《圍城》，它的受寵也同樣得力於對控構現實主義寫作的反動之力。但《圍城》和張愛玲及沈從文的《邊城》的世相不同。張愛玲的寫作，成就了都市世相小說，而《邊城》是典型的民間世相之經典，《圍城》則大抵屬於社會世相之範疇。民間世相有獨立而相對封閉的文學地域，村舍里弄的坊間是故事與人物的舞台。而社會世相小說則有無限開放的文學環境，整個社會、民族、世界都可以是它人物活動的無邊疆域。民間世相以民間文化為底色去描繪個人和地域的人生相貌；社會世相以社會背景和社會文化為底色，去描繪社會人和個人在社會激盪中的命運和相貌。而析同存異，它們根本上又都是世相現實主義的一脈寫作。

十九世紀，巴爾扎克和雨果的分野，不僅在於兩者小說中的寫實與浪漫，還在於他們面對社會與人的不同態度上。巴爾扎克寫的是人與社會的混沌性，不可分割性；雨果寫的是人與社會的剝離性，不可調和性。前者被譽為批判現實主義，後者被稱為浪漫現實主義。前者小說中的人物多有社會與民間世相之表演，後者小說中的人物多在戲劇般的社會和宗教舞台上大起大落。如《悲慘世界》中的冉阿讓，《巴黎聖母院》中的加西莫多和愛斯梅哈爾達。至於一七九三年法國的那場資產階級大革命——共和國志願軍和反革命叛亂的鬥爭，就乾脆是《九三年》小說人物命運的直接舞台了。民間世相的真實，多為人生經驗之真實，批判也好，頌讚也罷，兩者兼混的曖昧也可，但這種真實都是讀者之經驗或可體會認同的經驗。而社會真實，則不是多數讀者的經驗，而只是他們的嚮往和遙想。巴爾扎克筆下的人物彷彿就在我們身邊。而雨果筆下的人物，則活在我們的想像與嚮往之中。這樣的閱讀感受，並不是中國作家和讀者對他們體悟的獨有，全世界熱愛十九世紀偉大小說的人，都會對他們有這樣的閱感與體味。

回到中國文學的世相真實上來。《邊城》是典型的鄉村世相真實，張愛玲是都市世相真實，而《圍城》則偏重於社會世相。至於茅盾、巴金的寫作，陳思和在《激流盡處應是黎明》[6]的文章中極其精確地寫到：「回顧巴金先生的一生，從一個有社會信仰的活動家，到卓有成就的著名文學家，晚年又是一個撰寫《隨想錄》反思『文革』的社會良知，始其社會運動，終其社會批判，一生中最大的關懷目標是中國社會將如何健康地發展，中國人民將如何合理地生活，用『憂國憂民』四個字來形容巴金先生的一生，並不過分。」——這段話高度概括了巴金的人生，也同時概括了巴金這一代作家的創作。

由此考查他們的作品，就不難理解他們對社會世相寫作的盡心與傾力。相比之下，老舍的作品，倒是社會世相與民間世相混合的雜糅。彼此之間，其孰高孰低，彼優此略，則無可分離評判，正如我們不能說巴爾扎克和雨果誰更偉大一樣。他們的高下區分，不在於民間世相與社會世相的分野與混合，而在於他們誰的寫作，更可以穿越世相，和巴爾扎克與雨果一樣，抵達至生命真實的深層境界裡。

在中國的閱讀和評判傳統中，社會世相真實的寫作，屬於「快熱型」作品，這也是中國作家對此一脈寫作往往更願趨之若鶩的緣由所在。而民間世相真實，則屬「慢熱型」寫作，所以作家隊伍較小，但又常常後來之居上。其原因是民間世相小說，隨著時間的推移，顯出了它的穩定性。而社會世相小說，在時間和社會的推移與變異中，則會顯出一種相對的不穩定性。由此使人想到，瑪格麗特．米切爾和毛姆這樣的世相寫作，前者有廣闊的社會背景，卻非中國曾經的經典繁華、而今趨向冷落、命運如離休幹部般的一脈社會世相的現實主義作家；而後者，放棄闊大的社會景觀，又非中國的民間世相小說。這英美兩位，當他們也是中國作家之一員時，也是中國的世相現實主義之一種時，不知我們會對他們作何文學和文學史的評判與論說。我常常懷有這樣一個奇怪的念頭：倘是郝思嘉出生在中國的南方或北方，瑪格麗特．米切爾就是中國上海的張愛玲，

《飄》的故事就發生在中國的軍閥混戰、紅軍長征、抗日戰爭或者國共內戰的大背景下，我們對這部中國版的《飄》，對那個不可能的張愛玲，又不知會作何樣的認識與何樣的閱讀之感受——會把那部中國版的《飄》，視為文學史偉大、正統的經典嗎？

生命真實

把世相真實的現實主義小說視為現實主義在第二層面真實的舞蹈，那麼，孰強孰弱的尺度和生命力，自然取決於他們向第三層面真實抵達的拚搏。——生命真實是那些有理想、有野心的作家的共同追求。是所有現實主義作家共有的目標。巴爾扎克是這方面成功的典範和實踐者。雨果也是這方面的典範實踐者。在中國，可以加入這一行列的，大約只有魯迅更為理直氣壯而不需太多的羞澀和含蓄。他雖沒有《包法利夫人》、《紅與黑》、《悲慘世界》那樣的鴻篇巨制，但在現實主義對生命真實的追求上，卻也是他那個年代裡作家群中身體力行者的先驅。在十九世紀把現實主義推向不可比擬與再攀登的高峰之後，時隔二十世紀的百年之久，回望十九世紀現實主義的群山峰巔時，無論是巴爾扎克腳踏世相的路道，還是雨果腳踏社會性戲劇人生的腳步，他們的目標都是要抵達至生命真實的現實主義之深層境界。而在這一方面，托爾斯泰對生命真實之逼進和從容的展示，似乎比別的現實主義大家更讓人敬崇和仰慕。為什麼會是這樣？因為在所有抵達至生命真實的現實主義作家中，都有共同遵循的寫作規則——或者說，有難以突破的寫作規律的約束，即：

人物——人物和所處時代的完美結合。

換言之，是塑造那個時代最典型的人物。

典型人物與其所處時代結合得愈發完美，你的作品將愈發地有著普遍意義和偉大的經典地位。這是作者、讀者與批評家三者鼎力共同打造的一條現實主義的典型法則，這也就要求作家必須是那個大時代的精神實踐者和調控師。作家必須對那個時代有著生命的切膚感受、並對時代精神有著最為準確的把握和調控，從而才可以在你的故事中塑造出與時代緊密而完美結合的典型人物來。一如要從肥沃的土壤中長出一棵或一片巨大的樹，或如從群山中舉起一個或幾個最為拔立觸目的山峰來。捨此，那肥沃的生活土壤將失去存在的意義，群山也就成了一片林立平整的山巒。

沒有典型的人物，在現實主義寫作中是不可思議的。我們無法設想，比笛福的《魯濱遜漂流記》早了一百一十五年的《唐吉訶德》這部反騎士小說的浪漫中，如果沒有唐吉訶德和桑丘這對絕配的典型人物，它對後來盛起的現實主義還有多少實際的意義。也無法想像，塞萬提斯在偉大與經典行列中存在的合理性。而魯濱遜作為人物的存在，也正是笛福作為作家的存在。當現實主義小說把真實作為最為重要的寫作己任時，人物成了真實存在最為有力的證據。所以，世相真實向生命真實的轉移，實質上是世相人物向生命人物深刻和廣泛的掘進。在漫長的現實主義發展和寫作過程中，人物從世相中走來，到生命中去。所以，巴爾扎克和《高老頭》、《歐也妮．葛朗台》成了這一寫作的典範。他使民間世相和社會世相水乳交融，開拓出了典型人物由世相真實走向生命真實的寬闊通道，使許多後來者可以在這一道路上納入一腳，並且走得更遠，在生命真實中塑造出足可取代作家姓名的人物典型來。

在十九世紀和二十世紀之初的偉大作家中，以人物名和人物相關的事物與寓意命名（或被我們翻譯命名）的小說之多，可謂一道文學的風光與趣像：《巨人傳》、《唐吉訶德》、《浮士德》、《棄兒湯姆．瓊斯史》、《魯濱遜漂流記》、《少年維特之煩惱》、《簡．愛》、《匹克威克外傳》、《福爾賽世家》、《高老頭》、《歐也妮．葛朗台》、《包法利夫人》、《黛絲》、《安娜．卡列尼娜》、《父與子》、《卡拉馬佐夫兄弟》、《馬丁．伊登》、《阿Q正傳》，如此等等，這一長串以人物名和人物象徵命名的偉大小說，都有趣地證明著典型人物在現實主義寫作中不可取代皇權地位。現實主義所要抵達的生命真實之目標，因為是人的生命之真實與深度，自然間，典型人物就成了現實主義抵達真實最高境界的有力支點。有了這個支點，作家的筆，就可以撬動生命真實的地球。一個偉大的現實主義作家，在十九世紀，沒有塑造出一個響亮的人物，你將不得不從那些偉大作家的名列中退場。在托爾斯泰的筆下，如果沒有安娜・卡列尼娜和瑪絲洛娃等，我們將無法把他歸入最偉大的一員，更不會看到他在這個隊伍中更為耀眼的光照。沒有安娜和瑪絲洛娃在《安娜・卡列尼娜》和《復活》中大樹般的人物站立，真實就從這些小說中房倒屋塌，風吹雲散。愛瑪・包法利是因為福樓拜而永遠地活著？還是福樓拜是因為愛瑪・包法利而永遠地活在我們的懷念和記憶之中？這實在是一樁難解難分的公案。《高老頭》和《歐也妮・葛朗台》這兩部偉大的小說，把那兩個家庭完全與法國十九世紀的金錢社會融為一體，使這兩部作品有著互補的意義。高老頭和葛朗台這兩個同樣被金錢奴役的人物，卻讓巴爾扎克富有和強大，在現實主義行列裡，充滿著不倒的力量。還有雨果之於冉阿讓和加西莫多；司湯達之於于連和法布利斯❼。就連以短篇小說立於偉大行列的莫泊桑和契訶夫，他們最有聲望的作品，也只能是塑造出世界人物畫廊中最獨有的不朽人物的那些經典。如契訶夫小說中的「變色龍」奧楚蔑洛夫和「公務員」切爾維亞科夫，還有「跳來跳去的女人」奧莉加・伊萬諾芙娜等；莫泊桑《首飾》中的駱塞爾太太和《羊脂球》中的羊脂球等。在契訶夫和莫泊桑的創作生涯中，如果他們沒有給我們留下真實、豐滿、鮮明的成把成把的「這一個」，我們將對他們的誠敬大為減色。

在十九世紀偉大的作家中，他們的光輝來自寫作的兩個方面：一是他們的寫作對所處時代的剖析。這種剖析愈是深刻獨到，作家作品的光輝，就會愈發的明亮耀眼；二是他們塑造的人物愈是豐滿複雜，並且鮮明獨有，作家本人就會同他筆下的人物一樣，光輝燦爛，耀眼奪目。這兩點是作家立足偉大的雙腳。但是，隨著時間、時代的推移，和讀者對作家與人物所處時代的隔膜與疏遠，現實主義作家的光輝對後人的照耀，其光源更多的是來自他故事中的人物，時代之背景，則多為研究者分析的筆墨。而人物愈是有生命的血肉，作家就愈有生命的光輝。人物生命真實的程度，成為了作家和作品光輝的重要亮度。在那個時代俄羅斯群星燦爛的作家隊伍中，托爾斯泰和屠格涅夫是同代人，在他們一生的寫作中，彼此都保持著相敬的距離而又終生未曾謀面。在那個偉大的變革年代，他們是俄羅斯文學的並肩雙雄，甚至就當時因為文學所造成的社會轟動，屠格涅夫還在托爾斯泰之上。一八六二年《父與子》問世時，因其小說中的人物巴扎羅夫和巴威爾·彼德洛維奇·基爾薩諾夫在社會的左派與右派中引起了紛紛的對號入座，從而在聖彼得堡引起遊行示威、縱火焚燒等一系列暴力行為與恐怖活動長達一年之久。「在俄國文學史乃至整個世界文學史上，沒有哪個作家遭受過左派和右派同時發起的如此猛烈、如此持久的攻擊。」[8]由此可以想像，屠格涅夫在那個時期如日中天的光輝有多麼熾熱之炎照。但是，現在——尤其在中國讀者和論者心中，《戰爭與和平》、《安娜・卡列尼娜》和《復活》要比《羅亭》、《前夜》、《父與子》、《處女地》和《獵人筆記》更有誠敬的聲望和生命的活力。為什麼會是這樣？這緣於在人物與所處時代的結合上，托爾斯泰要比屠格涅夫寫得更為完美和揉實。前者在時代的故事上更為注重「人」和人的生命，後者則更為注重「社會人」和人所處的時代的（階級）辨析。關於對人的認識，托爾斯泰曾經說：「有人徒勞地把人想像成為堅強的，軟弱的；善良的，凶惡的；聰明的，愚蠢的。人總是有的是這樣的，有的是另一樣的；有時堅強，有時軟弱；有時明理，有時錯亂；有時善良，有時凶惡。人不是一個確定的常數，而是某種變化著的、有時墮落、有時向上的東西。」[9]由於這種對人的生命過程更為複雜的理解，安娜則是「一個多麼奇妙，可愛和可憐的女人」，甚至在臥軌自殺時，看到「一位穿特大撐裙的畸形女人，安娜想像著她不穿裙子的殘廢身子的模樣，不禁毛骨悚然」[10]。這實在讓安娜的真實也達到了令讀者毛骨悚然的地步，使一個人物的生命真實，到了無可比擬的實在。

是的，我很煩惱，但天賦理智就是為了擺脫煩惱；因此一定要擺脫。既然再沒有什麼可看，既然什麼都叫人討厭，為什麼不把蠟燭滅掉呢？可是怎麼滅掉？列車員沿著欄杆跑去做什麼？後面那節車廂裡的青年嚷嚷什麼呢？他們為什麼又說又笑哇？一切都是虛假、一切都是謊言、一切都是欺騙，一切都是罪惡！[11]

這段話幾乎是所有論者論述安娜的生命對世界的呼喚，可比起來安娜在臥軌的那一瞬間，「她丟下紅色手提包，頭縮在肩膀裡，兩手著地撲到車廂下面，微微動了動，彷彿立刻想站起來，但又撲通一聲跪了下去。就在這一剎那，她對自己的行為大吃一驚。『我這是在哪裡？我這是在做什麼？為了什麼呀？』她想站起來，閃開身子，可是一個冷酷無情的龐然大物撞到她的腦袋上，從她背上碾過。『上帝呀，饒恕我的一切吧！』……那支她曾經用來照著閱讀那本充滿憂慮、欺詐、悲哀和罪惡之書的蠟燭，閃出空前未有的光耀，把原來籠罩在黑暗中的一切都給她照個透亮，接著燭光發出輕微的嗶剝聲，昏暗下去，終於永遠的熄滅了」[12]。

表面看，這寫的是故事中人物安娜死亡的結束，實質上，是針細線微地描繪了文學中人物生命真實的深度和厚度。我們從典型人物安娜身上，讀到的是人的生命的本質，而從巴扎羅夫這個人物身上，看到的他是左派還是右派的社會思潮，這就是托爾斯泰和屠格涅夫的差別，也是他們同為那個時代現實主義文學光輝的並肩雙雄，在一百多年後的亮度之差。還有司湯達的《紅與黑》。倘說社會與時代，《紅與黑》也正如作家寫下的那句話：「一八三〇年紀事。」小說中廣闊的社會畫面，對十九世紀初期法國資產階級社會制度的剖析，在今天看來，都有繁瑣累贅之嫌，但因為于連這個人物的豐滿、複雜與獨到，正是一個生命真實的展開和延展，從而使我們對《紅與黑》有著永不忘懷的閱讀和記憶。

人物生命的真實是否大於故事中對複雜社會真實的揭示與鋪排，並且這個人物是否超越時代和時間，對當下所有人的人生有多少普遍意義，這是我們作為讀者對經典現實主義作品在今天的切實苛求。

《阿Q正傳》從寫作至今，已經整整九十年。為什麼九十年後，這個人物還相貌血肉都清晰在每個中國讀者的心裡？是因為阿Q作為人物超越了複雜的社會背景和時代，與我們今天所有人的人生有著普遍的鏡子意義。這是一個被魯迅寫出最大生命真實的現代文學中最典型的「這一個」。魯迅在那個時候的寫作，能夠擠入偉大現實主義作家的行列，如果沒有他那一批都滲入人物之生命的小說，當我們把他歸入偉大時，是會有些舌短或嘴唇發顫的。當然，廣闊的時代和複雜的人物所建構的那些不朽的現實主義長篇小說中，沒有中國的小說，這是我們後人的遺憾，但二十世紀之初，中國作家緊跟世界文學的步伐，也足以讓今天的我們驕傲和尊敬。莫泊桑是作為短篇大家存在的，他倒是有著長篇《一生》和《俊友》等，但這些長篇在他的創作中卻是讀者有意忽略的沉默，甚至有人會想何必寫出這樣的平庸之作。《羊脂球》不過一萬來字，其對社會與人的剖解，足可抵過寫了三十萬字的《一生》；人物生命真實的深度，足可大於莫泊桑在長篇小說中對上層社會（並非人物）精細用心的努力。從這個角度去說，我們沒有必要惋惜魯迅沒有給我們留下現實主義的鴻篇巨制。倘是他果真寫了那樣一部作品，誰又能保證這部長篇就一定可以經典並同十九世紀的偉大小說並駕齊驅？魯迅以他的《吶喊》和《徬徨》，作為中國現實主義小說洞悉並打開生命真實這一真實境層的第一人，也許這已足以為我們的現實主義所自豪。我們真正要惋惜感嘆的，是我們後來的現實主義作家，沒有沿著生命真實的路徑，朝現實主義更遠、更為廣闊、深厚的生命真實的方向進取和探求。其後的寫作，文學被革命牽死了鼻子，由生命真實的境層倒退回了世相真實乃至控構的真實。而且這一倒退，幾十年間就再也難以掙脫，如被主人牽著的牛或驢樣，永遠地在磨坊辛勤地、不知疲倦地原地打轉和兜圈。

站在生命境層去誠敬地觀望文學，我們不能忽略蕭紅的寫作。可敬的夏志清先生用他的中西學識和對中國文學獨立、獨到的理解，在他的《中國現代小說史》中糾正了中國文學長期以來對世相小說中社會真實的過分偏愛，得以使沈從文、張愛玲這些民間世相的作家和《圍城》走向文學的前台，這多少含有對文學史撥亂反正的糾偏，使文學回到文學的航道上。沈從文的重新經典，得力於他整體寫作既含有生命真實的意義，又在整體上以逃離的姿態，對社會世相真實這一強大寫作的抵抗。而張愛玲的坊間世相真實在今天的大紅，也正得力於讀者對強大到難以抵抗的中國控構現實主義內在的反感，閱讀並誇張地喜愛張愛玲的作品，其實正是對無處不在的控構真實的控構現實主義的反抗與表達。令人意外的是，在夏志清的小說史中，竟對蕭紅的寫作無所示墨，這使一部文學史的客觀圓桌，失去一腿而多少有些偏斜和不穩。

如同我們不允許一個批評家失去理性對文學進行情緒化的評判，而允許一個作家的褊狹和情緒的極端表達。那麼，我可以以我個人的情緒和偏愛，從生命真實和世相真實這兩個境層去理解現代文學中的現實主義，大約我會這樣依次寫出幾個名姓來：魯迅、沈從文、老舍、蕭紅、張愛玲和巴金、郁達夫、茅盾……等等。

佔約如此。這是一個不懂牌局的人，對五十四張紙牌洗整後的前隊的重新編碼。

靈魂深度真實

從庫切轉述的有關杜思妥也夫斯基的寫作生平中有這樣一段文字：

弗蘭克[13]曾不無誇張地說杜思妥也夫斯基是個「文學無產者，不得不為了掙工資而寫作」。各種原因迫使杜思妥也夫斯基從事繁重的文學寫作，這使他備感厭煩。《罪與罰》出版大獲全勝，此前又曾發表《白癡》，但就連這些也平復不了他心頭低人一等的感覺。屠格涅夫和托爾斯泰在評論界的聲譽（以及每頁文稿所獲稿酬）都比他高。他嫉恨這些對手，他們有的是時間和閒暇，還有繼承得來的大筆財產；他盼望有一天也能寫真正重大的主題，好與他們一較高下，證明自己不比他們差。他為一部抱負不凡的作品草擬了非常詳細的提綱，原先的名字叫《無神論》，後又改為《一個大罪人的生平》，企圖以此讓人承認自己是個嚴肅作家。但這些提綱和草稿後來不得不拼拼湊湊寫進了《群魔》，而傑作的寫作任務又再次推遲。[14]

這是一段相當有趣的記述，它至少告訴我們兩個訊息：一是在屠格涅夫和托爾斯泰面前，杜思妥也夫斯基有低人一等的感覺；二是之所以低人一等，是因為他以為自己沒有寫出「重大主題」的小說，於是他渴望有朝一日，他自己也寫「重大主題」，也成為嚴肅作家。在那個俄羅斯的文學時代，杜思妥也夫斯基一方面曾經私下裡暗稱托爾斯泰和屠格涅夫的作品是「土地貴族鄉紳文學」，屬於失去的時代。另一方面，他又很想寫「重大主題」，去做「嚴肅作家」。無論是考查俄羅斯十九世紀偉大的文學時代，還是瀏覽十九世紀批判現實主義偉大作家們的大多作品，他們有一個共性，就是每個作家的作品都盡力剖析、揭示他所處時代的複雜性和變革化，故事與人物，都在廣闊的社會背景下展開和發展。捨此，你就難以走入「偉大」的行列，就不一定屬於「嚴肅作家」。現實主義作家作品中的經典人物，一定是複雜社會孕育的產物。杜思妥也夫斯基恰恰不是那樣的寫作。他的小說有著和十九世紀俄羅斯社會現實強烈的結合，但卻沒有屠格涅夫和托爾斯泰小說那樣闊大的社會背景，如《戰爭與和平》和《父與子》等。而複雜、闊大的社會背景，是現實主義小說立足天下的堅固靠山，是現實主義常常取得轟動的埋在宏大敘事背後的炸藥，是杜思妥也夫斯基說的「重大主題」和「嚴肅寫作」。而這一點又恰恰是他所缺少的。為此，杜思妥也夫斯基深感苦惱，似乎技不如人。但杜思妥也夫斯基沒有想到，正是他的寫作，為現實主義的真實境層——靈魂的深度真實提供了不朽的範本，是現實主義在那時候更加豐富和具有新的開拓和創造力。同時，也正是他的寫作，為二十世紀文學天翻地覆的變化，提供了橋梁和過渡。為二十世紀的現代小說，打開了可能的門扉。

靈魂的深度真實——這是現實主義小說真實的最高境界。是建立在生命真實之上的對現實主義真實新的掘進和求索。在十九世紀偉大的作家中，有許多作家都在生命真實的層面抵進到了靈魂的真實。但很難有一個像杜思妥也夫斯基那樣，在他的鴻篇巨制中，會從故事的第一頁開始，直到最後一頁結束，都是對人的靈魂深度的展示和描繪，會讓人物的靈魂在無限豐富的顫抖中發出真實刺眼的光芒。前輩翻譯家岳麟對杜思妥也夫斯基的研究翻譯，讓中國的讀者較早感受了靈魂深度真實是杜思妥也夫斯基的偉大基石，也是現實主義真實至深、至高的境界。而且這種靈魂的真實，不是一個細節，一個情節或一段故事，而是一部、幾部小說的全部，是一個偉大作家的畢生。

> 杜思妥也夫斯基出身於社會下層，熟悉貧民區污穢的小巷和陰暗潮濕的斗室裡貧苦無告的人們的生活，對他們的命運感同身受，寄予了深切的同情。正因為作者對社會下層貧苦人民寄予了深切的同情，他才能對人們的悲痛、苦難和屈辱作出如此深刻、逼真的描寫，使讀者處於千萬人受苦受難的悲愴悽惻的氣氛中，從而激起對資本主義制度的憤怒和憎恨。在十九世紀的俄國古典文學中，他首先把都市貧民的悲慘遭遇引進了文學。他是俄國小市民階層的一名代言人。[15]

這是相當「中國式」的傳統對杜思妥也夫斯基的理解，至今還在一定程度上誤導著許多讀者對現實主義的欣賞和現實主義作家的一些寫作。弗洛伊德也深愛杜思妥也夫斯基的作品，稱《卡拉馬佐夫兄弟》是迄今為止最壯麗的小說。但弗洛伊德是從心理去理解「壯麗的小說」的，並不是人物的靈魂。如果就現實主義之靈魂——最深層真實這個角度去談杜氏的寫作，毫無疑問是他把現實主義的真實境層，全面提高和推進到了超越人之生命真實的人的靈魂深度之真實的真實境層。杜思妥也夫斯基把現實主義之真實推到了最後的絕處，從而讓現實主義的真實畫上了句號，走向了尾聲，使二十世紀小說不得不掉頭轉向，重新開始。

靈魂的真實，讓現實主義從高峰開始跌落，這不知是現實主義寫作之大幸，還是一種真實在現實主義文學中必然路徑上的葬曲。但杜思妥也夫斯基在為現實主義小說的真實吹響靈魂葬曲的時候，把靈魂最真實的行為、呼吸和顫抖，鋪灑在了文學的途道上。以《罪與罰》為例，我們可以清楚地看到，拉斯柯爾尼科夫的靈魂展現，是從他的內心蠕動開始的。當他無力交納女房東的房租而不得不躲避房東離開時，就「從某個時候開始，他動不動就發火，情緒緊張，彷彿犯了憂鬱症似的。他常常深思得出神，愛孤獨，甚至怕見女房東。貧困逼得他透不過氣來；可是近來連這種貧困的境況他也不覺得苦惱了」[16]。

然而，隨著這些內心鋪排的開始，拉斯柯爾尼科夫這個前大學生，迅速從人物走入了靈魂：

天色已經十分昏暗，這時，他被一陣可怕的叫喊聲驚醒了。天哪，這是一陣什麼叫喊聲啊！一陣陣那麼不自然的聲音，那樣的哀號、狂叫、咬牙切齒聲、眼淚、毆打和謾罵，他還沒有聽見過，也沒看見過。他也想像不出這樣的殘暴和這樣的狂亂。現在，他忽然聽到女房東的聲音，不覺猛吃一驚。她痛苦、尖叫、邊哭邊數落，匆忙地、急促地、不連貫地，所以弄不清楚她在哀求什麼——當然在哀求別再揍她，因為她在樓梯上遭到了毒打。由於憤怒和發狂，揍她的人變得那麼怕人，聽起來只是一片嘶啞聲，但這個揍她的人也還在說什麼，也說得很快，含混不清，急不可耐，上氣不接下氣。拉斯柯爾尼科夫忽然像一片樹葉般地哆嗦起來……

拉斯柯爾尼科夫渾身軟弱無力，倒在沙發上，但已經不能合眼了；他躺了約莫半個鐘頭，心裡痛苦非凡，並且嚇得要命，真受不了呀，這麼大的驚嚇他從來沒有經受過……[17]

這是一段女房東遭到暴打的逼真描寫，但實質上卻是拉斯柯爾尼科夫發燒中的一種幻覺。這種幻覺正是拉斯柯爾尼科夫的靈魂從常人走向罪惡的殺人之後的靈魂驚顫，是他在殺掉女房東後靈魂顫抖的自語和坦白。而終於第一次因故到了警察局時，拉斯柯爾尼科夫的靈魂，則在顫抖中開始了辯駁和抗爭：

……從遠古的時代起，到後來的萊喀古士、梭倫、穆罕默德和拿破崙等，他們無一例外都是罪犯，唯一的原因是由於他們都制定了新的法律，從而破壞了被社會公認為神聖不可侵犯的、從祖先傳下來的古代法律。當然，他們也不怕流血，只要流血（有時十分天真的人們為維護古代的法律而英勇地流血）能對他們有利。甚至值得注意的是，人類社會中絕大多數的這些恩人和建立者都是非常可怕的劊子手……至於我把人分成平凡和不平凡的兩類，我承認這樣劃分有些武斷，但是我也並不堅持數字上的不可變更。我只是相信我的主要觀點。這個觀點就是：人按照天性法則，大致可以分成兩類：一類是低級的人（平凡的），也就是，可以說，他們是一種僅為繁殖同類的材料；而另一類則是這樣的一種人，就是說，具有天賦和才華的人，在當時的社會裡能發表新見解的人……第一類人就是一種材料，他們大抵都是天生保守，循規蹈矩、活著必須服從並樂意聽命於人……第二類人呢，他們都犯法，都是破壞者，或者想要去破壞……[18]

然而，在索尼雅面前，在愛的面前，拉斯柯爾尼科夫為罪惡辯駁的靈魂又因愛而發生了變化：

殺了人後，我不會成為誰的恩人，或者一輩子像蜘蛛一樣，把一切東西都捉到網裡，從它們身上吮吸活命的血，在那個時刻，我應當毫不在乎的！索尼雅，我殺人的時候，需要的主要不是金錢；我需要的主要不是金錢，而是別的東西……這一切，我現在都知道了……你要瞭解我：如果我那樣思考問題，我絕不會再殺人。我必須弄清促使我出此下策的另一個問題：當時我要知道，要快些知道，我同大家一樣是隻虱子呢，還是一個人？我能越過，還是不能越過！我敢於俯身去拾取權力呢，還是不敢？我只是發抖的畜生呢，還是我有權力……

……

可是我是怎樣殺的呢？難道人家是這樣殺人嗎？難道人家像我當時那樣去殺人嗎？……難道我殺死了老太婆嗎？我殺死的是我自己，不是老太婆！我就這樣一下毀了我自己，永遠毀了！……是魔鬼殺死這個老太婆的，不是我……[19]

愛是偉大的。當宗教和愛成為一體時，就是罪惡的靈魂也會發出耀眼溫暖的光芒。法律可以不追究一個人的罪惡，但活著的靈魂不會對這些不管不顧。拉斯柯爾尼科夫的一切，皆源於他是罪人，是個殺人犯，又有一顆活著的靈魂。靈魂是罪惡的敵人，又是罪惡的同黨。在《罪與罰》中，拉斯柯爾尼科夫的靈魂一刻也沒有停止過靈魂是罪惡的敵人還是朋友的掙扎和抗爭，它讓拉斯柯爾尼科夫一刻一分一秒也沒有安寧過，直到那顫抖的、活著的靈魂戰勝了他罪惡的內心，成為罪惡的勝利者：

他（拉斯柯爾尼科夫）貪婪地向左右觀看，神情緊張地細瞧著每個東西，但他的注意力怎樣也集中不到一個東西上；一切東西都悄悄地溜過了。「再過一個星期，再過一個月，我將會坐在囚車裡駛過這座橋，被押解到什麼地方去？那時我會怎樣看這條河呢？最好記住它。」這個念頭在他的腦海裡閃過。「這是一塊招牌，那時我會怎樣唸這些字母呢？」……

……他忽然想起了索尼雅的話：「到十字街頭去，向人們跪下磕頭，吻土地，因為你對它們也犯了罪，大聲地告訴所有的人：『我是凶手！』」想起這些話，他不覺渾身哆嗦起來。在這一段時間裡，特別是在最後幾小時裡，他心裡這麼強烈地感到束手無策的苦悶和驚慌不安，所以緊緊地抓住這個湧現出那純潔的、從未有過的和豐滿的感情的機會。這種感情和疾病發作一樣，在他心裡驟然湧現出來：像一星火花在心靈裡燃燒起來，突然像火一樣燒遍了全身。他一下子渾身癱軟了，淚如泉湧，他立即在地上伏倒了……

他跪在廣場中央，在地上磕頭，懷著快樂和幸福的心情吻了這片骯髒的土地。他站起來，跪下磕頭。

……（路上那些向他叫喊的聲音）使拉斯柯爾尼科夫不敢叫喊「我是凶手！」可是這句話也許要從他嘴裡跳出來，但及時縮住了。他沉著地忍著這些叫喊，不朝四下看一眼，徑直地穿過胡同向警察局走去（自首）……[20]

一個前大學生從行凶殺人，到為自己的行為自我辯駁，再到最終經受不了自己靈魂對自己的審判而去親吻骯髒的大地後到警察局自首——洋洋四十五萬言的《罪與罰》，把拉斯柯爾尼科夫的靈魂顫抖濃筆重彩地刻寫出來。這種超越常人生命的靈魂真實，在二十世紀偉大現實主義的行列，除了杜思妥也夫斯基，再也沒有比他的寫作更有力的例證。而且最為重要的，是杜思妥也夫斯基讓拉斯柯爾尼科夫的靈魂發出了照耀人類的光芒——並不僅僅是為了靈魂真實而停留在死靈魂的血肉上。讓靈魂呼吸的真實發出照耀人類精神之光的，還有杜思妥也夫斯基的《卡拉馬佐夫兄弟》中的阿廖沙。阿廖沙對罪惡與苦難的理解，比拉斯柯爾尼科夫更為寬闊和博大，因此，這靈魂的光芒也更為耀眼和溫暖：

他（阿廖沙）在門廊上沒有停步，就迅速地走下台階。他充滿喜悅的心靈渴求自由、空曠和廣闊。天空布滿寂靜地閃爍著光芒的繁星，寬闊而望不到邊地罩在他的頭上。從天頂到地平線，還不很清楚的銀河幻成兩道。清晰而萬籟俱靜的黑夜覆蓋在大地上，教堂的白色尖塔和金黃色圓頂在青玉色的夜空中閃光……阿廖沙站在那裡，看著，忽然直挺挺地撲倒在地上。

他不知道為什麼要擁抱大地，他自己也弄不清楚為什麼他這樣抑止不住地想吻它，吻個遍，他帶著哭聲吻著，流下許多眼淚，而且瘋狂地發誓要愛它，永遠愛它。「向大地灑下你快樂的淚，並且愛你的眼淚……」㉑

讓靈魂深度的真實發出照耀人類精神的光芒，這是在靈魂真實上「大靈魂」與「小靈魂」的區分。杜思妥也夫斯基的寫作，刻寫出了無數人物靈魂的實在，也讓阿廖沙和拉斯柯爾尼科夫等在人物的靈魂上閃爍、照耀出大靈魂的光芒。這種對靈魂真實的追究和提升，使杜氏完成了對十九世紀現實主義的超越和對真實最終窮盡的刻寫，使後來者面對現實主義的主旨——真實時，宛若一棵小草在大樹下的無奈生長，所有的努力，都必須在那樹下呼吸和擺動。正因為這樣，讓人們感到二十世紀文學的變化，既是自然隨時間的到來，也是一種十九世紀真實的強大對二十世紀寫作的逼迫。

真實相互

把真實區分為控構真實、世相真實、生命真實和靈魂深度真實，這其實是在寫作中把渾然天成刀劈斧砍為零七碎八。但也正因為一個屠夫武斷殘暴地把一個生命肢解開來，我們才得以深入到生命體的內部，看到生命的五臟六腑和對生命有害無益的闌尾。控構真實正是一個人體的闌尾，世相真實是人體的皮肉，生命真實是現實主義之人體的骨架，而靈魂真實是人體之骨髓。有了這些，才完整地構成了現實主義的人體結構，包括對文學百害無益的後社會主義時期的控構現實主義。

當然，在今天中國的後社會主義時期的創作中，現實主義的複雜性在於這四種真實境層彼此的隔離又都有網漏的存在。第一層真實很容易就可以突破層隔，借來或盜得第二層真實的臉譜，來化妝或妝點自己的空洞。這也是第一層控構真實在前社會主義時期合法化的社會主義現實主義到了後社會主義時期的發展與「成熟」。中國讀者單純得可愛，面對文學的真實，常常如從遠鄉進城的孩子，要麼憎恨文學如農民工對城市的情感，要麼熱愛文學如那單純的鄉下孩子，覺得都市的垃圾箱和廁所都好得無以言表。控構真實的空洞寫作，只要去世相真實中借一些人物世俗的脂粉，都可以讓一些拙劣、投機的批評家和鄉下孩子般可愛的讀者擊掌、歡笑和落淚，在報紙、電視和網絡媒體上攥起雙拳來歡呼和跳躍。一些永遠都是好好先生的批評家和今天發達而失去良知的媒體合謀欺騙著讀者。讀者在被矇騙的鼓裡，相信控構真實是多麼的生活、存在和真切，因為那些故事中的人物，站在高高的腳手架上，面向他們要教育的眾生說了幾句世俗的人話、粗話和做了吻合世俗行為的幾個動作。比如那些拿獎小說和氾濫在影評中著力控構的典型人物之「新英雄」，因為愛罵人和敢於向女性表達粗魯的愛，而被讀者、觀眾和因頂著批評家的帽子混飯而日理萬機的讀書人談論表述為「史詩」和人物畫廊中新的「這一個」。其結果，得利的是作者和那些批評家，被污辱和被損害的是被愚弄的讀者們。

控構真實常常越過真實層的網漏去借來世相真實的技法來掩蓋自己的空洞、虛假和向權力獻媚的姿勢和行為，但它絕不會在越過世相真實之後，再向生命真實去討要和請求。因為世相真實多可證明它的「真實性」，而生命真實卻可恰恰證明它的虛偽性。一如這些人總是拿魯迅來佐證自己的深刻和正確，而絕不會真的在寫作中把魯迅之筆握在自己手裡一樣。

其實，在世相真實中，最成功的周作人、張愛玲和胡蘭成，是可以給他們許多切實營養的，可又恰恰因為政治立場的隔閡讓他們無法接受周作人、胡蘭成和張愛玲的寫作與作品。沈從文也是他們最好借鑑以修飾自己文學性的裝點和掛飾，可畢竟沈從文的許多小說，又遠遠走進了生命之真實。《邊城》的空靈又是控構真實中難以接納和融入的。高爾基也不被人提及了。保爾．柯察金也不被人提及了。文學失去了源頭的榜樣，總會有一種被懸置的搖晃，這是控構真實在文學內部的不安與焦躁。但無論如何要明白這一點：如果以為控構真實是如氣球和芒刺的關係一樣，一捅就破，會真相大白，癱倒在地，那就大錯特錯了。控構真實是在發展的，向世相真實的靠攏不僅是技法和無奈，而且是它「藝術」的完善和修補。

世相真實因為對控構真實的藝術支持，會獲得權力對它經典地位的肯定和權力對其藝術成就的反支持。這其中張愛玲是不在其列的。在世相真實中，民間世相真實也大約得不到太多的償還和貼補，而最得益於支持與補貼的，是那些社會世相真實的作家與作品。但民間世相真實的寫作，因疏於社會世相真實的筆墨，更可以用來對民間世相的描寫，因此更貼近於民間人和低層人的生存本相，無論美的或醜的，善的或惡的，都更易於接近或踏入生命真實的境層內，達到世相真實與生命真實的完美結合，獲取世相與生命的雙層認同，從而可以更牢靠、久遠地進入經典的行列。如沈從文的《蕭蕭》、《丈夫》和《長河》，張愛玲的《金鎖記》、《傾城之戀》和《紅玫瑰與白玫瑰》等。

世相小說是中國傳統小說中最龐大、強勁的一脈，彷彿《三言二拍》樣讓人喜愛和稱頌，即便它不融入生命真實或不太多地融入生命真實的血肉，也依舊可以經典到讓人們喜愛得倘若存有懷疑與不敬，就會招到群攻的可能性。如大家面對《受戒》和《大淖紀事》，估約就是這樣的景況。就我自己而言，並不把這兩篇小說看作它有多麼偉大和了得，之所以這樣，是因為它其中確實未含太多生命的品質和血脈的流動感。實在說，它的確是太難得兩篇小說佳品與妙文，每每閒暇時，我也會忽然翻出這兩篇小說默讀幾段，如品味忘在時間角落的酒。畢竟，「小說是語言的藝術」，這話太深入人心，又有太多的實踐品。而這兩篇小說又毫無疑問，在「語言藝術」上是有太多妙處可去圈點品嚐的。然而說到底，世相小說不走入生命的真實與生命的真相，也就只能停留在流傳和可供人品嚐的箱櫃裡，而不會走入使人驚嘆、愕然的偉大裡。

在現代文學中，魯迅是把世相小說帶入並推進至生命真實的第一人。生命真實成為了世相小說的方向和境界，在魯迅的筆下得到了完美的展示和抒寫。因為生命真實而使魯迅走入了偉大的行列。而生命真實與靈魂深度真實則不是存有網漏的孔眼，而是有著一條幽深的通道和祕徑。單單是因為生命的真實，我們大約不會把魯迅推高至「第一人」的座椅與高度，而魯迅在寫作中把生命真實朝向靈魂真實的引進與抵達，才是魯迅作為「第一人」的鼎足和基座。

當小說從生命真實向靈魂深度真實抵進時，我們把魯迅和托爾斯泰與杜思妥也夫斯基放在一個平面展桌上考查和比對，或者以閱讀的感受為靈魂之天平，把魯迅小說中人物的靈魂（如《阿Q正傳》中的阿Q）和《復活》中的瑪絲洛娃，《罪與罰》中的拉斯柯爾尼科夫與《卡拉馬佐夫兄弟》中的阿廖沙的靈魂都放在同一天平上，我們不得不說拉斯柯爾尼科夫、阿廖沙和瑪絲洛娃，其中每一個靈魂的重量，都可能（僅是可能）把阿Q靈魂所占有的那端天平壓得或多或少地翹起來。所以，我們總是把這種比對放之一邊，少談或不談。再或不得不談時，顯出語言的謹慎與矜持。這說明了我們在現實主義寫作中的自尊與虛榮，也說明了我們對魯迅的誠敬與誠愛。其實，偉大的魯迅是不會在意我們這種比對的，不會在意我們把他的靈魂和人物的靈魂都放在心靈感受的天平上，一如魯迅當年不在意諾貝爾的文學獎。他的大度和謙遜，可以讓我們說出那樣的話：在靈魂的深度真實上，有大靈魂，也有小靈魂。有的靈魂重，自然也會有些靈魂輕。宛若我們不願認同魯迅筆下的人物是小靈魂（如華老栓），我們不會否認瑪絲洛娃、阿廖沙和拉斯柯爾尼科夫的靈魂是現實主義真實最高境界中的大靈魂。

（杜思妥也夫斯基和曹雪芹）這兩位作家雖然信仰不同，但都有一顆人世間最柔和、最善良、最仁慈的偉大心靈。這是任何知識體系都無法比擬的心靈。這兩顆都是極為敏感，尤其是對人間苦難都極為敏感。杜思妥也夫斯基被苦難抓住了靈魂，曹雪芹也被苦難抓住了靈魂。只是他們一個傾向於擁抱苦難，一個傾向於超越苦難。這兩位天才的眼裡都充滿了眼淚，無論是感激的眼淚，還是傷感的眼淚，都是濃濃的大悲憫的愛的眼淚。他們兩人造成了兩座世界文學的高峰，風格不同，但都告訴我們：創造大文學作品，無論守持什麼立場和「主義」，都應當擁有大愛與大悲憫精神。一切千古絕唱，首先是心靈情感深處大愛的絕響。[22]

劉再復和女兒劉劍梅在這兒討論的大愛，大約也就是靈魂的重量。是大靈魂與小靈魂的區別。但是，在我們遲來的現代文學中，魯迅以他偉大的生命，已經給我們展示了一個作家靈魂真實的寫作，而我們已經不可去苛求他什麼靈魂深度和大靈魂與小靈魂的輕重了。

無論是控構真實，還是世相真實、生命真實，或靈魂深度真實，在現實主義創作中都是不能排它而獨立存在的。如果可以把控構真實從現實主義中剔除不談，把世相經驗真實、生命經驗真實、靈魂深度真實作為遞進的深度和高度的文學境層，它們彼此依靠、滲透和借鑑，但其作品表現出的真實境層的根本相貌是可以清晰區別的。一如世相真實很可能走入生命真實一樣，生命真實也很可能走進靈魂真實乃至靈魂的深度真實。就是在世相真實的作品中，也常常讓我們體會到作家的筆，有意無意就穿越了生命的真實之層，抵達到了靈魂真實之境界，如沈從文和張愛玲的一些小說。但終歸，我們還不能把那些小說與魯迅的小說並論為他們是生命的真實或靈魂深度之真實。這如同我們不可以把魯迅的小說與杜思妥也夫斯基的小說籠統地並論為他們都寫進了靈魂深度的真實裡。在生命與靈魂的維度上，沈從文、蕭紅、張愛玲等與魯迅是有著差別的。前者的彼此之間也是有著輕重深淺的，宛如契訶夫、屠格涅夫和托爾斯泰與杜思妥也夫斯基的靈魂維度上的不同樣。

然而，沈從文和張愛玲都在世相真實的現實主義創作中，為我們實踐了從世相到生命再到靈魂的可能性。魯迅、契訶夫、莫泊桑、托爾斯泰、屠格涅夫、杜思妥也夫斯基、巴爾扎克、雨果、福樓拜、司湯達等也都告訴我們，即便你如何地進行生命真實、靈魂真實的描摹與創作，小說也都離不開對世相的描摹與考查。有時候，愈是生命與靈魂，反需要更加的世相與世俗。這也就是真實互相的依賴和不可分割性。

深層的現實主義道路可以走通嗎？

如同人的穿衣吃飯，任何國度、任何制度下的文學創作，都不可能擺脫現實主義的存在和影響。現實主義是現代主義繪畫中的素描與寫實，沒有這寫實之童功，就難有畢卡索和現代畫。一個民族的文學，如果沒有現實主義是不可思議的。如果所有的作家在今天二十一世紀的寫作，人人都是現實主義，那不僅是不可思議的，而且一定是可怕的。

我們的寫作，要面對兩個背景：一是我們所處的後社會主義時期——這是不可更改的、甚至是無奈的，但卻是必須去思考和面對的。二是現實主義在今天是跨過二十世紀的二十一世紀。二十一世紀在歷史中是一段時間，在文學中是強大、複雜的文化，是寫作絕然不可忽略與佯裝不知的文學背景。

一句話：二十一世紀後社會主義時期的中國小說會是什麼樣？該是什麼樣？換言

之，後社會主義時期的現實主義能往深層探走下去嗎？現實主義在今天究竟能走入哪個真實境層裡？會在哪裡停下來？

以現實主義的真實境層而論，我們不斷地抱怨當代文學沒有現代文學好，當代作家中沒有魯迅那樣的大作家和沈從文那樣獨具特色的優秀作家和作品，這種比較和怨言，其實都是把當代文學與現代文學相比在發生了巨大變化之後卻仍然以現實主義或傳統現實主義之目光看待文學的結果與怨言。如果我們仍以現實主義的真實境層去比對文學的好壞，自然發現中國當代文學沒有現代文學好，當代作家當然沒有魯迅和沈從文們偉大與可敬，因為當代作家太多的人把現實主義真實停留在控構真實和世相真實的層面上。前者空筆虛歌，頌盡長安；後者穩妥扎實，自成一體而經典。至於說，讓現實主義作家抵達至魯迅筆下的生命真實，我們忽略了今天現實主義作家必須面對的社會現實背景和作家個人積澱的文化心理，這是現實主義難以走入深層真實的兩大障礙。

無論是前社會主義時期還是後社會主義時期，再或把文學劃為前三十年或後三十年，它們相同的、不變的都是「社會主義」。而有社會主義就必然有社會主義的現實主義。社會主義現實主義之真實的內核，自然也就是我們說的控構真實。不同的是前三十年只能有控構現實主義的存在，而不再有別的真實和文學。而後三十年，是必須有控構現實主義，也還可以有其他的真實和文學。讓現實主義小說的真實穿越或逃離那種空置的真實，在今天並不為難事，而難的是作家本人的不甘與不願。這緣於為控構真實而寫作，已經成為作家生存繁華的必須。失去這樣的寫作，大批作家將失去一切。說投靠、獻媚也好，裝假、無奈也罷，當某種寫作方式不成為生命而只成為生活時，人格就成了錢幣。超越成了對基本人格的挑戰。錢幣與榮譽購買著作家的人格，這成了社會主義市場經濟之一種。越是出賣人格，越發地得到金錢與榮譽。用最為通俗的話說：「沒有人按著牛頭去喝水。」是牛自己要走到河邊濕腳暢飲的。但在這「沒有」的背後，卻也有一隻「看不見的手」。這個手裡有大把的金錢與榮譽，讓作家看到那隻手，就不得不朝那手靠過去。以前是這手把作家「抓」過去，今天是這手把作家「招」過去，「吸」過去。當控構真實成為作家、權力、和讀者不約而同的共需後，其實也就成為了文學之「必然」。要求這樣的作家放棄筆墨，喚回他的內心違背了牛要被人牽到河邊飲水的生活之律，是一種大不必的事情，何況今天的文學完全可以有別樣的寫作和存在。

除卻那「看不見的手」，而影響小說走入真實之深層的還有作家本人的心。是本人之內心。是內心之習慣的本能和防設。文學不可以簡單提倡對社會和政治意識形態的對抗與剖解。這種對抗的剖解，是意識形態的反面寫作。是新的意識形態之寫。但必須要思考的是，現實主義倡議的人之社會人（非單個人），逃離開對社會的剖析，這個「人」就難以抵達至超越社會、政治的人性的之深之高，一如杜思妥也夫斯基在寫人的深度靈魂時，並不逃離、也無法逃離俄羅斯在十九世紀的社會矛盾般。而我們幾代作家在半個多世紀的現實主義創作中，所養成的被審查和自我審查，也早已成為不自覺的血液在作家的脈管中流動與潛伏，當我們提筆寫作時，無論你承認與否，那種不自覺的自審意識，其實都在影響著現實主義創作對人性的深度開掘和生命真實的深層探進。

影響現實主義朝真實深層探進的第三障礙，是世相真實現實主義寫作傳統經典的強大與說服力。魯迅在他當年的寫作是許可的，而在今天卻是危險的。這種不言自明、盡人皆知的風險，讓大多作家和批評家看到了世相寫作在現實主義中的廣闊前景——在於傳統，是親切的繼承；在於未來，是經典的可能；在於權力、讀者和批評家，是相安無事、彼此接受的皆大歡喜。於是，世相現實主義，成了最有才華的現實主義作家最智慧和傾力、傾情之所在，也成了現實主義向深層真實探進的真正最大的障礙。正是在這個真實的境層上，現實主義的真實停止探求了，被阻隔下來了。現實主義小說在這個境層上，築起了停歇深進的堤壩。改變現實主義和翻越這一築堤壩，竟成了這一寫作前人早已越過而今卻在此停滯的巨大門檻。

停滯源於控構與人格，源於權力之下積澱的自審心理，源於世相寫作的妥穩與經典。但最終，這些都表現為作家向深層的生命真實與靈魂真實掘進時的能力與無奈。

不是不可能，而是無能力。

不是無能力，更是不願意。這才是今天現實主義寫作向深層真實掘進停滯的根由之所在。

第二章
零因果

格里高爾問題之一——作家在敘述中的權力與地位

為了寫作，我躲避到了一個奢侈的地方。那兒遠離都市的喧囂繁華，林木茂密如地球疏於整理的頭髮。到了秋天，寒涼襲來，葉落花謝，早些的綠碧成了飄零的枯黃。讓目光穿過枝丫留下的秋白，我發現有戶人家的白色牆壁上，爬滿了寸長的灰黑毛蟲，麥管粗細，有茸茸之感。仔細觀察，並沒有發現這面牆邊的樹上有這種灰色毛蟲，地上的草裡，也一樣沒有此物存藏。到林木隔開的別戶人家，依舊發現了這種景觀，朝陽、白色的牆壁上，都爬滿灰黑的毛蟲，而別的任何植物上，卻沒有一個這灰黑寸長的麥管蟲。

原來在樹林裡的白色牆壁，朝陽吸暖，竟會生出這秋時的灰黑毛蟲。

原來這毛蟲是嚮往光明溫暖的。

原來毛蟲不一定只有草、樹與河邊才會衍生繁殖，鋼筋水泥和燒磚組成的堅硬牆壁，也會和秋天婚約，孕育出滿牆滿壁、令人喉梗的灰黑毛蟲。就像在我們看來，沒有生命、情感的一塊石頭和一段有過生命而今已經死去的腐木，只要我們給它們一張文學的結婚證書，它們就一定能孕育出合法的兒女。比如朽木和石頭結婚，時間會讓它們生出沙土來。

一天早晨，格里高爾·薩姆沙從不安的睡夢中醒來，發現自己躺在床上變成了一隻巨大的甲蟲。他仰臥著，那堅硬得像鐵甲一般的背貼著床，他稍稍抬了頭，便看見自己那穹頂似棕色肚子分成了好多塊弧形的硬片，被子幾乎蓋不住肚子的尖，都快滑下來了。比起偌大的身軀來，他那許多隻腳真是細得可憐，都在他眼前無可奈何地舞動著。[23]

卡夫卡寫下這段文字的時候，無法曉知它給二十世紀文學帶來的巨大變化，讓多少後來者、那怕同樣也是天才、偉大的作家，都為這段開篇的描寫與敘述愕然而驚嘆。這段文字把讀者帶進了《變形記》這部奇妙的小說——無論是把《變形記》視為短篇或者視為中篇，我們都只能說它是一部小說，而不願說它是一篇，如不能說《追憶似水年華》是一篇而不是一部。接下來，這段文字至少給我們提供了以下疑問和思考：

作家在敘述中的權力和地位——這是格里高爾問題之一。

托爾斯泰說他在寫到安娜．卡列尼娜臥軌自殺時，伏在桌上痛哭流涕，泣不成聲，因為安娜的死，讓他無法平復自己動盪起伏的情感。而且還說，不是他要把安娜寫死，而是安娜的命運與性格只能讓她去臥軌身亡。在十九世紀偉大的現實主義作家中，都有過作家無法掌握人物的命運、而是人物的命運左右著作家那種被人物奴役而又心甘情願的深刻體驗。換言之，在十九世紀的現實主義作家那兒，愈是偉大的作品，人物的命運愈是歸人物所有，作家只是人物命運的代言人、書寫者。人物大於作家——這是偉大的現實主義作家共同的體驗和認同，彷彿娜拉要離家出走，易卜生完全沒有辦法阻攔似的。作家在故事中只是一個閃在背後的講述者，而人物要如何，人物的命運要怎樣，作家沒有權力和能力去左右和撐控。作家愈是無力撐控人物的命運，人物就會愈加鮮活、生動、自然和具有生命感；而作家如果可以撐控故事的走向和人物的命運，故事和人物就會顯得生硬、漂浮和無力。總之，在現實主義那邊，作家的地位越低越好，權力越小越好。作家能夠在人物的命運中消失則為人物生命的最大化。

在現實主義寫作中，偉大的作家，其實應該是人物的奴隸。你的筆要聽命於人物和他（她）命運的安排與擺布，這是十九世紀和那些不朽的作品留給我們寫作的律文。只有那些二流、三流不圖謀經典的作家與作品，作家才有權力如法官一樣安排和左右人物的命運。然而，當時間之長河流入二十世紀時，當那個瘦弱的，目光中充滿憂鬱和驚恐的卡夫卡出現時，他的寫作，改變了這一切。他把作家是人物的奴隸和代言人的微弱地位提高到了作家是人物的皇帝或人事處長的地位上。在這兒，作家小於人物的寫作定律發生了根本的變化——作家應該大於人物和人物之命運。故事不是人物的命運演繹出來的，而是作家的頭腦構思出來的。

「一天早晨，格里高爾．薩姆沙從不安的睡夢中醒來，發現自己躺在床上變成了一隻巨大的甲蟲。」這是一種霸權的敘述。那個瘦弱的寫作者，對人物和讀者沒有絲毫的妥協和遷就，一如皇帝要讓百姓去死也是一種恩賜一樣；也如一個人事處長面對他部下的檔案，可以隨意地改寫和修正。作家的地位和權力，忽然之間被卡夫卡賦予無上的地位，他安排格里高爾在一夜之間變成了蟲，格里高爾就變成了蟲，如果他要格里高爾變成豬，變為狗，格里高爾就只能變成豬或狗。敘述者不再遷就讀者的閱讀習慣和業已形成的真實感，也不再顧及人物命運之於生活和經驗的可能與不可能。當我發現我居住之處那兒的牆壁上可以生出蟲子時，它的條件是秋天的寒涼和有植物圍就的朝陽之處。如果不是秋天，如果四周沒有茂密的植物，那些牆壁不會生出蟲子來，一如說到底磚和石頭疊在一起不會性交受孕一樣。然而，卡夫卡不管這一些，他就是要讓格里高爾在一夜之間變成蟲。如果硬要說變成蟲的條件，就是那一夜格里高爾「不安的睡夢」。格里高爾究竟做了什麼夢，他在夢中遇見了什麼，自己有什麼反應與行為，卡夫卡懶得向讀者解釋與交代。這讓人懷疑，卡夫卡在寫下《變形記》開篇這真正意義上的開門見山的一句話時，「不安的睡夢」要麼是他無意間的筆下流淌，並不是著意地安排；要麼，就是作家因有皇權在手，也就可以隨意地虛晃一槍，賣個關子，留下一段永遠空白的懸念。總之，條件已經不再重要，就是作者要讓人物變成甲蟲，人物就不能不變為甲蟲。作家有這樣的權力和地位。作家可以決定一切。「文學是人學」[24]；「筆要貼著人物走」[25]。這些來自十九世紀的經驗和成功的寫作實踐在《變形記》這兒變得分文不值，不再重要，甚至多餘到如人體的闌尾和瘻瘤。卡夫卡給了二十世紀作家寫作的皇權御印，你可以不使用這種權力，不在寫作中炫耀這種地位，但並不等於你沒有這種權力與地位。《變形記》、《城堡》和《審判》為二十世紀作家的寫作開具了另外暢行的證明與通行證，讓後來者的「霸權敘述」與寫作中的「皇權地位」，有了前案與可能。也讓理性在感性中的統治有了合法性，使過去我們小說中說的「人為」，不再因為是破綻與漏洞，總是成為讀者與批評家詬病和嘲笑的標靶。而當我們把這種「人為」和作家在寫作中無限的權力結合在一起時，「人為」就不再是生硬與漏洞，而可能是新的個性與主義。餘下的問題是，當卡夫卡把作家從人物以下的奴隸地位解放出來時，賦予作家以霸權、皇權的敘述可能時，我們不再是故事中人物的奴隸，而是否會成為卡夫卡敘述的奴隸？成為荒誕和異化的奴隸？這才是我們在敘述中必須面對的格里高爾問題。

一邊成為格里高爾問題的受益者；一邊又成為格里高爾問題的受害者。這是二十世紀文學的優與劣。是我們今天寫作所面臨的解放與新困。

格里高爾問題之二——故事雙向的因果源

當格里高爾無可挽回地成為甲蟲之後，《變形記》的故事有了兩個向度：一是隱含的、斷續的、簡約輔助的格里高爾自身的故事；另一個是鮮明的，主要的，因為甲蟲的格里高爾所引發的他自身之外的家庭、他人和單位等外在的變化、轉折和被推進的故事。前者，我們可稱為隱故事或說次故事；後者可為明故事，或說主故事。

關於格里高爾自身成為甲蟲的這個隱故事（次故事），在因它把主故事引向前台之後，就如同報幕解說一樣，大幕拉開，報幕員站在前台做了鋪墊性敘述，把觀眾的注意力引向舞台上的主故事，而她卻退場去了，只是偶爾出來或站在台角和幕後發出解說、引導的聲音，使主故事不斷向前推進和變化，從而也使主故事影響著次故事的變化與發展。

《變形記》共有三個部分。第一部分的主要筆墨多為格里高爾變成蟲後內心的惶惑與不安。第二、第三部分的筆墨，幾乎全部是格里高爾成為甲蟲後給他人和外部世界帶來的惶惑、不安和變化。而在隱故事中，真正寫到格里高爾成為甲蟲的描寫、變化，卡夫卡則著筆甚少，在三萬來字的小說中，也就是六處、七處。每處也大都是幾句、幾十個字的簡約交代，加在一起，絕然不到千字，大約為全部小說的三十分之一。

他覺得肚子上有些癢，就慢慢地挪動身子，靠近床頭，好讓自己頭抬起來更容易些；他看清了發癢的地方，那兒布滿著白色的小斑點，他不明白這是怎麼回事，想用一條腿去搔一搔，可是馬上又縮了回來，因為這一碰使他渾身起了一陣寒顫。[26]

這是格里高爾發現自己成為甲蟲後卡夫卡對這甲蟲的第一次較為詳盡的描寫。後來在隱故事中，從「……他的身子寬得出奇。他得要用手和胳膊才能讓自己坐起來；可是他有的只是無數細小的腿，它們一刻不停地向四面八方揮動，而他自己卻完全無法控制」[27]。到「他好幾次從光滑的櫃面上滑下來，可是最後，在一使勁之後，他終於站直了；現在他也不管下身疼得像火燒一般了。接著他讓自己靠向附近一張椅子的背部，用那細小的腿抓住了椅背的邊」[28]。直到最後「他（格里高爾）背上的爛蘋果和周圍發炎的地方都蒙上了柔軟的塵土，早就不太難過了……她（替格里高爾家幹粗活的老媽子）手裡正好有一把長柄掃帚，所以就從門口用它來撥撩格里高爾。這不起作用，她惱火了，就更使勁的捅，但是只能把他從地板上推開去，卻沒有遇到任何抵抗，到了這時她才起了疑竇。很快她就明白了事情真相，於是睜大眼睛，吹了一下口哨。她不多逗留，馬上就去拉開薩姆沙夫婦臥室的門，用足氣力向黑暗中嚷道：『您們快去瞧，牠死了；牠躺在那踹腿兒了。一點氣兒也沒有了！』」㉙

關於格里高爾從變成甲蟲到其死亡的描寫，大約就是這些和這樣客觀的文字，沒有過多的筆墨，也沒有被作家刻意去想像的刻畫一個甲蟲詳盡的生命狀態和一個又一個的關於甲蟲的生活場景。幾乎說，格里高爾成為甲蟲之後，卡夫卡沒有使用他寫作的皇權地位，去描寫甲蟲本身的日常生活和生命過程，而是把一個作家的全部力量，用在了作為甲蟲的格里高爾的內心和其外部、他人和世界的變化。這就呈現了以下問題：

⑴讓格里高爾變為甲蟲，不是故事的目的，而是故事展開的原因。是主故事的次故事。

⑵主故事（明故事）的進展、變化其實是靠次故事展開和推進的。沒有次故事，決然沒有主故事。正如一切的事物，沒有因為，就沒有所以一樣。當我們說到用磚和水泥砌起的牆壁可以生（爬）滿灰色的毛蟲時，那是因為牆壁是在茂密的、愛生蟲子的樹林

內。那是因為，無論那些蟲子在什麼時候出生，原鄉在哪，到了秋涼時，都要尋找朝陽暖和的生活區。沒有這一些，就不會有爬滿牆壁的毛蟲結果（所以）來。

所有的結果——所以，都有開始的原因和不斷變為「因為」的原因所決定。

正是這樣，《變形記》的故事開始了。因為格里高爾變成了甲蟲，所以他無法走下床鋪，並每爬動一步，都要在地上留下很多黏液來。直到一個蘋果被他父親砸過來，「正好打中了他的背並且還陷了進去」。

正是這樣——格里高爾成為了甲蟲，他的父母從驚愕、到厭惡，直到甲蟲成為死屍的那種令人內心寒徹的解脫感。他的妹妹從驚愕到對他的悉心照顧，又到厭煩的疏遠於他。公司主任從驚恐懼怕，到掉頭朝格里高爾家門外跑去。包括那些到格里高爾家的租房客，從因為見到甲蟲的變化和最後的離去。直到這主故事的最後，因為甲蟲格里高爾的死去，他最親的父親、母親和妹妹，「三個一起離開公寓，已有好幾個月沒有這樣的情形了，他們乘電車出城到郊外去。車廂裡充滿了溫暖的陽光，只有他們幾個乘客。他們舒服地靠在椅背上談起了將來的前途……」[30]

故事到這兒，格里高爾一家人所感到的溫暖，讓我們感受到了徹骨的寒冷和孤獨。而這一切的原因，皆是源於「一天早晨，格里高爾·薩姆沙從不安的睡夢中醒來，發現自己躺在床上變成了一隻巨大的甲蟲」。

世界上所有的故事（小說），既在時間與空間中展開，又在因為和所以中進行。對於有些作家，時間和空間顯得尤為重要（比如普魯斯特），而對於更多的作家與寫作（也包括普魯斯特），因為和所以則更為直接和關鍵。時間和空間是故事的自然存在，只要有故事誕生，必然就有時間和空間隨之而來。但時間與空間即便每時每刻都在作家的眼前和手邊，取之如探囊取物，而故事——構築故事站立、延伸並賦予故事以生命的因果，卻不是可以招之即來，而揮之即去的。就是說，對於作家和故事來說，好的小說，因為和所以是一場戰爭。既是它們之間的戰爭，也是它們同作家之間的戰爭。因為和所以對故事的重要，要遠遠超過其他小說的元素。因為決定著所以，所以也常常改變因為。戰爭就這樣開始，故事就這樣進行。

因果關係既是故事的骨骼，也是營養骨骼的骨髓。而且，還往往是故事、情節、人物的靈魂。作家對故事的構思，往往受困於因果的約束。一方面，沒有因果就沒有故事；另一方面，因果又如鎖鏈、法律般捆束住故事肆意而無紀律地展開。掙脫因果的約束，是每一個作家內心的夢想，如同非法者對法律的厭煩與仇恨。吻合因果，是讀者、批評家和作家自覺共同確定的故事的法律。作家在故事和人物中的全部努力，就是為了掙脫舊有的因果，創造並建立一種新的因果關係，如非法者要建立自己的秩序。卡夫卡和《變形記》，恰恰是在這方面，既遵守了千百年來故事確立的有關因果的法律條文，又衝破這種條文，創立了一種全新的因果關係的存在。無論是格里高爾變成甲蟲後的次故事，還是由這次故事引發、決定的主故事，都是對故事因果既定條文的承諾。但僅就格里高爾一夜之間變成甲蟲這一點——這驚世駭俗的一點，卻恰恰如星星之火，燒掉了此前千百年來故事中因果關係的合法條文，為二十世紀所有的「新故事」，提供了新的因果基石和空間，為所有作家掙破舊因果的束縛，提供了呼吸和衝出去的空隙與門扉。

格里高爾問題之三——零因果

故事的產生，都是作家對因果的重新詮釋與抵抗；都是作家試圖創造出一種新的因果秩序的嘗試和努力。但在這種創造中，一種是在既有的因果紀律、秩序中掙扎和突圍；另一種，則索性跳到三界之外，重新開始，建立一種全新的因果關係和章法，開創、確定新的紀律與條約。

卡夫卡屬於後者。屬於後者的先驅和創始人。

卡夫卡為我們創造、提供了「零因果」。

零因果——即無因之果。

《變形記》正是這無因之果的最好實踐。它之所以成為二十世紀乃至永久的經典，就在於它對新的因果關係——零因果——無因之果寫作的開創性。

格里高爾在一夜之間變成了甲蟲——他為什麼要變成甲蟲？誰讓他變成了甲蟲？

如何能變成甲蟲？由人而蟲的物理、生理條件是什麼？變為甲蟲的過程是怎樣的？成百上千的問題，在卡夫卡那兒都沒有意義了。「一天早晨，格里高爾．薩姆沙從不安的睡夢中醒來，發現自己躺在床上變成了一隻巨大的甲蟲。」這成了既定的事實與現實。與其說「不安的睡夢」是卡夫卡讓格里高爾成為甲蟲的條件，不如說是他向讀者有趣的挑逗。沒有由人而蟲的過程和回憶，也沒有故事中的補述交代與暗示。新的因果已經開始，寫作者絕不再回頭去追述作為前因的因為，留下那巨大的因為之因為的空白，其實正是令讀者和研究者著迷的黑洞。這個空空蕩蕩、幽深無比的黑洞，也正是零因果凝視我們的眼睛。它和我們的疑問對峙、沉默，無論我們如何喚問和質疑，它都以沉默不語作為永恆的回答。當我們以其疑問和不安去閱讀故事、詢求答案時，卡夫卡絲毫不說他的格里高爾為什麼要變成甲蟲。他只以理性的清晰，有條不紊的敘述，告訴讀者格里高爾變成甲蟲之後和之後的故事，直到連甲蟲業已死去，而甲蟲的父親、母親「突然發現，雖然最近女兒經歷了那麼多的憂患，臉色蒼白，但是她已經成長為一個身材豐滿的美麗的少女了……他們心裡下定主意快該給她找個好夫婿了。彷彿要證實他們新的夢想和美好的打算似的，在旅途終結時，他們的女兒第一個跳起來，舒展了幾下她那充滿青春活力的身體」[31]。

這是《變形記》溫情、舒緩的結尾，也是卡夫卡對我們「沒有原因的原因」之疑問的最後旁答。

沒有原因的原因就這樣出現了，讓讀者感到突兀而無奈。以沒有原因的原因為前提，情節就這樣展開了。結果就這樣產生了。無論你相信還是不相信，有一個蘋果不長在樹上，卻長在空氣中由小到大，最終也就這樣成熟了。而《變形記》令人信服的絕妙，不是作者對零因果的閉口不談，而是對零因果的從容不迫的道來——格里高爾變為甲蟲沒有原因（不告訴你們原因），但因為他成了甲蟲，不一樣卻又是相當真實、實在、日常乃至世俗的故事就這樣開始了——父母親對由人而蟲的兒子的驚異與厭惡，妹妹對哥哥由人而蟲的愕然、照顧與疏遠，他人和世界對由人而蟲的隔離與拋棄。這些在《變形記》中的描寫無不緊緊地抓住日常和世俗之真實。一方面是空穴來的因為；另一方面是實實在在、連一點一滴，一個文字、一個細節都不虛飄的所以（《城堡》亦如此》），這構成了零因果的平衡和玄妙，如同一台天平的一端是空氣（零），另一端無論有多少文字的重量，只要是世俗日常的情節與細節的實在，那天平就會平衡一樣。

就零因果而論，《城堡》是更大的實踐之傑作。但在卡夫卡為數不多，但卻多變豐富的短篇小說中，《老光棍布魯姆費爾德》中布魯姆費爾德，因孤寂而渴望「隨便有個什麼人來作伴」，結果家裡果然出現了兩個小賽璐珞球，終日不停地蹦蹦躂躂，開始讓布魯姆費爾德感到新奇，彷彿有了寂寞中的伴侶，到最後又無法忍受這小球吧噠吧噠的聲音，而不得不將小球送給鄰居的小孩，而使生活恢復原有的寂寞與平靜。還有《騎桶者》中因寒冷無比，可以騎上煤桶升至半空的「我」，騎在去求賜燃煤和溫暖的煤桶上，「它（桶）以均勻的速度穿過冰涼的街道；我時常被升到二層樓那麼高；但是我從未下降到齊房屋那麼低」[32]。《飢餓藝術家》中那個以飢餓時間為藝術高度的飢餓藝術家，飢餓至四十餘天不食不飲。《地洞》中的小動物在「房子」裡的不安與焦慮；《判決》中兒子，果然依照父親在憤怒中對他的「判決」去「像一個優秀體操運動員」樣投河自亡。凡此種種，無論我們稱其為荒誕，還是誇張、諷刺與幽默，但都在小說的傳統因果關係上採取了「強硬」與「霸權」的敘述，讓零因果的無因之果，走入或滲入到了故事與人物之中。

卡夫卡正是這樣對傳統的讀者、作者與批評家約定俗成到牢不可破的因果之邏輯與合理性的有力衝撞與突破，給小說帶來了新的敘述秩序——荒誕，也使卡夫卡成為二十世紀現代派文學之鼻祖。可在這一系列的荒誕中，真正改變敘述秩序、形成零因果敘述的是《變形記》與《城堡》。是《變形記》無因之因和無因之果那些幾乎百分百的世俗與日常生活經驗完美的結合，形成了零因果敘述秩序天平的平衡與和諧。而其他，如《騎桶者》和《老光棍布魯姆費爾德》以及《飢餓藝術家》等小說，因零因果的不徹底性和與人們共同生活經驗結合的疏離性，終未達到如《變形記》般敘述新秩序的完美和清晰。

新敘述秩序的確立——零因果在寫作中的實施，無論作家有何樣的語言背景，文化背景，對讀者共有經驗的依賴，都將顯得尤為重要。當故事中的情節、細節從日常經驗中漂浮起來，游離出去，這都會讓敘述的新秩序變為偶然、傳奇乃至滑稽的敘述。在卡夫卡的小說中，充滿了讓人痛心和肅然起敬的作家立場和寫作的態度——每每看到和聽到「在巴爾扎克的手杖上刻著：我能夠摧毀一切障礙；在我的手杖上刻著：一切障礙都在摧毀我」。這兩句話，每一個握筆寫作的人，都不會沒有想要向卡夫卡彎腰鞠躬的念頭油然而生。但像《騎桶者》那樣的小說，一面是作家對他人物的巨大同情，一面又不免因為零因果的存在而帶來的傳奇之滑稽，從而也更讓人感到來自於《賣火柴的小女孩》[33]的力量和對敘述因果循規蹈矩的懷念。好在，《變形記》和《城堡》，把零因果敘述的故事新秩序牢固、可靠的建立起來了，在《騎桶者》和《老光棍布魯姆費爾德》這樣的小說中，因果和故事的秩序，就有了全新的意義和敘述的價值。

我們感謝《變形記》開創的敘述新秩序和那新秩序與世俗生活的完美結合。卡夫卡所有的小說，也都將和我們一樣感謝《變形記》中零因果敘述秩序為它們的存在帶來的新秩序的生命意義。

零因果的黑洞意義

卡夫卡的小說，多為沒有寫完的故事。在我們看到他的短篇小說中，至少有六七篇之多。三部長篇，也均為未完之作。這種情況，是因為卡夫卡喜歡在未構思成熟之前就動筆寫作，而直到故事接近尾聲他還不明白應該如何為故事畫上圓滿的句號，還是因為零因果對故事搖擺不定的左右，常常因為故事沒有條件或條件不夠充分，而不知故事在最後該有怎樣的方向，所以那些故事的結尾，就常常被作家中途擱置，如一條船沒有靠岸就被離開的舵手拋錨在了離岸不遠的水域。在現實主義作家那兒，幾乎很少有作家會把故事寫至將要結尾而停下筆來，除非是他的身體原因或別的外在因素，使他不能握筆繼續。卡夫卡不是這樣。那麼多的小說沒有寫完而擱置，除了這些作品大多因為他的好友馬克斯・布洛德沒有遵照他的遺囑：「毫無例外地予以焚毀」而整理出版中「也許」的因素外，是因為卡夫卡確實一時不知小說故事該如何收場。

出現這樣的境況，應與零因果不無關係。

零因果如同一個人走在沒有道路的荒野，因為無路或沒有路途的路標，因此你無法知道你走到了哪，應該在哪兒收腳和以什麼方式收腳。還可以比喻，如一個不願以不同季節為因果條件的作家，要讓一樹蘋果成熟而不知該讓蘋果在何種情況下使蘋果發紅並散發出芳香來。但也正因為如此，在《城堡》這部未完的名作中，土地測量員最終在村子裡落戶不落戶，其實並不重要——就是說，有沒有那樣的結尾，在讀者那兒絕不會引起安娜·卡列尼娜死還是不死，以什麼方式去死所給我們帶來的不同震顫和憂傷。讀者和評論家在閱讀中所關心的是這個冒充土地測量員的K，能不能走進城堡、為什麼不能走進城堡？城堡真正的象徵和其實在的意義是什麼？「城堡所在的那個山岡籠罩在霧靄和夜色裡看不見了，連一星兒顯示出有一座城堡屹立在那兒的亮光也看不見。K站在一座從大路通向村子的木橋上，對著他頭上那一片空洞虛無的幻景，凝視了好一會兒。」[34]這「虛無的幻景」，從開始到最後，都迷霧不散地縈繞在讀者的內心。土地測量員要走進城堡這一簡單的目的愈是無法達到，愈是付出執著而堅韌不拔的努力，而那城堡就愈是神祕莫測、雲霧繚繞，而又愈發沉重、鬱悶的堵塞在讀者的胸口。直到小說的最後，讀者也無法準確地弄清土地測量員真正走不進城堡的根本原因——這是小說意義的最大黑洞。至於有人從那黑洞中看到了官僚機構的腐敗，有人看到了機關社會的無意義，有人看到城堡迷宮對人的生命的消耗，還有人面對城堡無法走進的路徑，看到了「一定要進去」和「一定無法進去」矛盾糾葛的巨大荒誕，也都是零因果所呈現的黑洞意義的不同注解，如同每個人都爬在一眼深不見底的枯井中向下探望，都可以借助井口的光明，看到井內模糊、黑暗的不同的景象和鏡像。

是的，零因果和現實世界及人之世俗經驗一旦完美結合，就必然會呈現出小說的黑洞意義。

我們說格里高爾之所以要變成甲蟲，是因為社會對人的「異化」和工業社會對人的擠壓——這樣的理解，是《變形記》有了深刻、廣泛的現實意義。但我想，倘是卡夫卡可以再生，他看到這樣的釋說文字，不知會不會有些愕然。可是，從另一方面，也許卡夫卡不僅不會愕然，而且會有會心一笑的欣然。說到底，他的零因果給小說創造了黑洞意義。作家沒有權力不讓讀者面對模糊的黑洞做出自己的思考、判斷和猜測。為什麼零因果敘述天平會讓故事保持著閱讀的平衡？就在於這故事的一端是現實的世界，另一端是黑洞的重量。現實愈大、愈複雜、愈是懾人心魄，那一端看不見的黑洞，就愈有與之相應的意義和重量。

我們知道，真正不讓土地測量員走進城堡的不是那個村子和村裡的人，也不是城堡本身的權威和城堡機關的關關卡卡，而是卡夫卡本人和他零因果敘述的寫作法文。「沒有原因或者沒有可以說清的原因，我就是讓K——你們——讀者們——無法走進城堡去。」這是《城堡》整個故事的無因之因，是全部故事開展和建立的基礎。至於土地測量員到村子裡為住宿證明信的折騰和客棧老闆的發難，面見村長的辛苦和為了走進城堡與弗麗達姑娘淡薄的感情之交，以及他與村長來來往往的反覆交談，到學校做一名員工的開始與結束，千頭萬緒，細枝末節，都是客觀現實的K，在村裡落戶就必須要走進城堡和卡夫卡主觀不讓他走進城堡的糾纏與拚殺。強大的無因之因，在這裡制約和左右著故事的方向與人物的命運。

傳統現實主義使人物大於作家。現代派寫作，使作家大於人物。十九世紀之前，作家往往因為人物的生命力而獲取名聲和生命力。二十世紀，人物往往因作家的生命力而被人提及和討論。這一切的扭轉與變化，多緣於卡夫卡和他的零因果。因為零因果故事天平一端的現實和另一端看不見的黑洞，讓我們在閱讀中感受外部世界的故事、人物、事件與行為，在思考中凝聚與現實對應的黑洞意義。黑洞的意義，決定故事中的現實呈現。現實的描寫，又誘導讀者對黑洞意義的推測。《城堡》的意義，「有人認為作品主題表現的是人試圖走進天國而不得的痛苦；有人認為作品表現了卡夫卡本人精神的孤獨與不安；有人認為作品充分地、淋漓盡致地反映了奧匈帝國官僚機構與人民群眾之間不可踰越的鴻溝」[35]。或者說，《城堡》是企圖告訴讀者：「人們所追求的真理，不管是自由、安定、還是法律，都是存在的，但這個荒誕的世界給人們設置了種種障礙，無論你怎麼努力，總是追求不到，最後只能以失敗而告終。」[36]這種種帶有他國時代和本國文化參與的對《城堡》的解讀，都是對的，也都是錯的。因為黑洞意義的存在，每個讀者都可以有自己對黑洞的窺探權與理解權；而每個讀者看到的，就只能是他個人通過閱讀感受的。

如同每個人都理解和不解的《紅樓夢》。

「人類一思考，上帝就發笑。」然而人類不思考，上帝會不會不僅發笑而且因笑而泣呢？答案不在於一個人從零因果的黑洞中看見了什麼，而在於一個作家在寫作中能否給讀者留下一個、幾個或深或淺的意義和思考的黑洞來——有一對男女，他們彼此相處很久，談了很久才忽然明白他們兩個是同乘一趟車，從同一方向、同一地方來，而且原來還住在同一條街上，共同生活在同一幢樓上的同一房間，並且是同睡一張床，同吃一桌飯，還有他們兩個結為夫妻所生的一個共同的孩子[37]。這對夫妻之間為什麼如此陌生和隔離？原因是什麼？他們彼此夫妻、又彼此不識的條件是什麼？沒有因為，只有所以。只有零因果預先設下的意義黑洞。如果沒有這意義的黑洞，零因果就在讀者和批評家那兒失去存在的理由，也在小說中失去故事存在的必要。

第三章

全因果

全因果

一九一二年那位一生壓抑的天才，在小說中全面、完整地寫出一部零因果的小說時，促使我們今天回身去看此前——尤其發展了一二百年，終於最盛至文學峰巔、而今還被全世界所有的作家和讀者喜愛有加、奉為文學之正典、正經的現實主義，在諸多的寫作祕密和寫作規律中，其故事和人物言行間所連綴相接的因果關係，原來的呈現方式，是一套嚴密成熟的「全因果」。無非這種全因果關係，有時是由外向內的滲入，有時是由內向外的噴射，有時則以明的——讀者可以人人所見、所觸的因果方法去推進故事或人物塑造，有時則以暗的、隱含的讀者只可以體會而不可觸摸的因果方式去豐滿人物、深化思想和延展故事。

我們在經典的現實主義作家那兒，難能找到故事與人物中存在沒有因為的所以，沒有條件的結果。所有的故事與情節，人物與心理，都幾乎「事出有因」。事出有因是現實主義構置故事和描寫人物時人人都必須遵守的基本法律；是被所有的作家、讀者和研究者共同制定並遵守的堅實條約。越此就是對現實主義法文的越軌和冒犯。越軌的冒犯，生活與社會的法律不會懲戒於你，但那些讀者和論者及文學史的作者會以冷淡與譏嘲，對你的冒犯進行懲處。莎士比亞當年的經歷就是如此。卡夫卡活著時寫作所處的文學環境亦是如此。杜思妥也夫斯基當年勤奮寫作，創作了那麼偉大的作品，卻沒有他同時代那些現實主義正典作家更為受人歡迎，也都因為是他在全因果關係中的超越與「走偏」。然而最終，時間會糾正這一切，會對在文學上因冒犯全因果而有著獨特並卓有藝術價值貢獻的人抱以微笑和擊掌。

所謂的全因果寫作，就因果關係而言，最大的特點是因與果的完全性與對等性。所謂的完全性，是說因果在故事中的無處不在，那怕一片樹葉的飄落，不在秋天你就必須告訴讀者它為什麼可以飄落。故事不能在無因果中展開，人物不能在無因果中言行。這是生活的本質在決定故事中因果的本質。所謂的對等性，是指全因果中事物有多大的原因，就有多大的結果。有多少重量的因為，就有多少重量的所以。有什麼樣的條件，就一定有什麼樣最終的果實。這是因與果的完全一致性。一棵果樹，在一種情況下，在你以同樣的養育和努力，同樣在風調雨順中，他給你的回報一定是一樣的。但在另一種情況下，同樣的環境，同樣的氣候，同樣的培育努力，其結果，你的回報也許要比上年大得多或者小得多，甚或顆粒不收，只留無奈與哀傷，無形無狀地掛在果樹上。這樣的結果，表面看是違背因果的，不合情理的，但仔細追究，一定是某種原因增加了、增大了。那些增多的不被你發現的原因，正是果實增加或減少的條件。比如蟲蛀或果樹的大年或小年。把這些不被注意、發現和隱藏的原因加上去，因為和所以這架寫作的天平，其實仍然是對等的，必然的，完全一致的。然而，在全因果的寫作中，作家要發現和描寫的，恰恰不是那些讀者完全可以在生活中感知和看見並經歷的那種百分百的因果——明因果，而是他們要通過你的寫作，去發現表面看是不存在或者存在而不對等的因與果——隱因果或說暗因果。讀者通過你的寫作發現世界上他們懷疑的因與果——「原來如此」——的完全存在性與完全對等性。這種對因果的重新發現與理解，就是讀者的期待與作家的共鳴。秋天到來，樹葉必然飄零；一百斤的努力，結出一百斤的果實，這是常識，不是文學。春天到來，萬物不綠，一百斤的努力結出一千斤、一萬斤的果實或顆粒不收，這才是文學。但作家要讓那個過程成為真正的文學時，就要一步步地在故事、情節、細節和人物中，用語言去揭開春天到來，大地不綠和一百斤的因為結出一萬斤的所以——那對等性中隱藏的九千九百斤的因為在哪兒。反之，一萬斤的因為，只有一百斤的所以之結果，那麼，你的筆就要去展開那九千九百斤被掩蓋、遮蔽和毀壞、消失的結果是什麼，去了哪？而最終，還是要給讀者證明全因果無處不在的完全性和因為與所以、條件與結果的完全對等性。

之所以人們熱愛故事和文學，是因為生活中的萬事萬物之因果，都是完全存在和必須對等的，是完全因果的。而人們所經歷和經驗的，卻又往往是因果疑惑和不夠等待，或等待懸殊再或恰恰相反的。而故事或小說——需要展開的，正是那應該存在並對等卻又偏偏相反或對等懸殊的情感與事物。那遮隱的、懸殊的、相反的，被作家的現實主義之筆，緩緩的展示開來，終於讓讀者看到被遮蔽、不對等的表面以下流失、轉化、毀滅的那些因為和所以，是現實主義的動人之所在。每個作家一次次的寫作，一部部捧到讀者面前的故事，都是為了一次又一次地證明因為和所以的完全存在性與完全對等性。人、事、物，時間與空間，都在全因果中展開、延伸和運行。萬事與萬人，沒有無因果的關聯，沒有無因果的糾結。現實主義寫作的要務之一，就是要在故事中逐一清晰地展開那種種被隱含、被遮蔽和被轉化的因與果。在這種因果中塑造人物，傳遞思考，從而最終展開並證明讀者看不見的那種因或果的存在性與對等性和因果無處不在的完全性。

基督山伯爵為什麼有那麼重的復仇心理與行為？那是因為他有了那麼重的冤情和傷

害。聶赫留朵夫在法庭上見到卡秋莎・瑪絲洛娃時，為什麼會從此開始不停地懊悔與懺悔？那是因為他的內心中有個「精神的人」與「獸性的人」在不停地搏鬥與掙扎，讓他的靈魂受到了人性不安的折磨和催促。卡秋莎・瑪絲洛娃最終沒有嫁給她愛的聶赫留朵夫，而嫁給政治犯西蒙松，並不是因為她更愛西蒙松，而是在她看來，政治犯們「都好得出奇，不僅以前從未見過，簡直無法想像」。西蒙松比起聶赫留朵夫，可以背叛他身處的上流貴族，是因為他發現了沙皇制度的黑暗和貴族階層的殘酷與虛偽。一切的跌宕起伏、起承轉合，都有其因果，那怕是人物的一絲感情的變化和目光無意之一瞥。一部《復活》，正是一部全因果方方面面、網網絡絡、無處不在因果展示圖。卡秋莎・瑪絲洛娃精神的亮光，聶赫留朵夫最後在靈魂上由暗而明的結果，都有其世界、環境和他們內心思考經歷加在一起的完全合理性與必然性。原因越是複雜，所以越是讓讀者感佩和難忘。結果越是讓人難忘，條件必然越是充分與必然。

偉大的作品，一定都是在這種被遮蔽的因與果中不斷地尋找與探求。你發現提示的原因，決定你的故事結果和人物完成後給讀者帶來的感染力和感慨度。在你展開、提示的因與果的關係中，因與果愈是隱密、愈是不為人知，你的價值則愈大。而揭示、展示的方式與方法則為作家的個性與才華。兩者的結合，不僅構成了全因果寫作，也構成作品成敗與經典的高度。只不過《基督山伯爵》在因與果上騰挪展示的多為事物經過的因與果，而《復活》展示的則更多是人的心靈中的因與果。前者把事物隱蔽的因果一步一步地揭示出來給人看；後者把人人都以為不存在的因果從人心裡培育出來給人看。前者的因果為明因果，顯因果；而後者的因果則為隱因果，深因果，心因果。

在全因果的寫作中，追求隱因果和深因果，是每個現實主義作家的理想與夢想。

在托爾斯泰的三部作品《戰爭與和平》、《安娜．卡列尼娜》和《復活》中，我們無法評判哪一部更為偉大和棋高一著，但在人物和故事的全因果敘述中，它們對隱蔽在人物內心和社會深處隱因果的展開和揭示，卻是遞進的，變化的。在小說人物內心隱因果的維度上，杜思妥也夫斯基則走得更遠、更深邃，更有一種靈魂深處的光芒從那種因果中折射出來，照耀著讀者和後人之寫作。從十九世紀全因果的寫作中，因與果互相糾葛，又互為因果，許多時候，因果混合，因決定著果，果又產生因，並使原來的因為（或所以）發生變化，成為新的因。這就是故事環環相扣，人物豐富複雜和全因果的現實主義廣為人們接受的魔力。但就故事被閱讀和接受而言，巴爾扎克、雨果和福樓拜們，以及狄更斯那個年代幾乎所有的作家，在故事與人物的因果中，不僅追求毫無漏洞、周全可信的百分百的因與果的全面性與對等性，還共同追求人物與社會的因果性。

無論是因為社會才有了人的內心複雜的顯因果，還是因為心靈才映照出社會、世界複雜的隱因果；無論是在當年就陽光普照的前者的因果互動，還是後來漸熱、更熱的隱因果故事的揭示性寫作，這都是十九世紀現實主義對全因果的推進與豐滿。但是有一點，無論是文學的前行與有人以為的文學之倒退，而催生二十世紀文學和零因果、半因果孕育的，是後者隱因果的力量與推動，而非全因果中的顯因果。

全因果偈限

由全因果環鏈的現實主義因果故事，終於在鼎盛之後，讓作者、讀者都感到了它的偈限和單調，宛若四季如春、歲歲碧綠雖然美好，但長久而此，不免給人一種被封閉的乏味樣。全因果小說中的人物是一種社會人，經驗更為注重集體之經驗。通常被中國批評家和讀者合謀而識的現實主義的經典法則：「高於生活」，其實正是對全因果集體經驗的概括和條理。這種概括的條理，也就是十九世紀文學中「社會人」的孕育和產生。魯迅說阿Q的頭是這裡的，身子是那兒的，胳膊和腿又是另外某處的——這是典型人物產生的典型法章，是社會人孕育的必須途徑。現實主義對集體經驗的寵愛，猶如一個農人對萬物生長的大地那種籠統、模糊而又情真意切的情感。農人熱愛田野上的所有，而真正收穫時，他並不把一切植物、草芥都收割回家，而是挑挑選選，擇優而喜。可他選擇的，並不一定就是他所喜愛的，而是他人（家人）喜愛的——現實主義小說是讀者的；現代主義寫作是作者的。這話的意義，正在這兒。全因果是作家和讀者業已形成的共識，一個又一個的故事，無非就是一次又一次地證明那些讀者沒有看到和體驗到的因果關係的全面性與等對性。在現實主義寫作中，一種作家努力在社會和世俗事物中尋找那種因果的對等性和全面性；另一種偉大的作家，則努力從心靈深處證明全因果的對等性與全面性。但他們都共同明白的是以下兩點：

(1)你寫作中依賴的經驗，越有集體性，你的作品就越有共鳴性；

(2)你寫作中越是走入隱因果、潛因果——從人的靈魂（不是社會世俗的表層）去證明全因果的正確性，你的小說就越有經典的可能性。

然而，這兩點的努力，都必然在不自覺中犯著一個共同的錯誤，那就是對集體經驗的重視和對個體獨有經驗的遮蔽。即便杜思妥也夫斯基寫進了人的靈魂深處，達到靈魂深度的真實，他所奉獻給讀者的那個「靈魂」，也不能擺脫「集體」的籠罩。之所以每個讀者都可以從拉斯柯爾尼科夫的靈魂顫抖中感受到自己靈魂的抖動和哆嗦，那是因為《罪與罰》中那顆「一刻也沒有停止顫抖」的心靈幾乎是大家——讀者共有的心靈。那麼，在對集體經驗依賴的現實主義寫作中，人之所以為人的那個個體人——那個個人最獨有、最不同的經驗還有意義嗎？人的夢境和瞬間意識——那種最個人的東西（情緒）

還有意義嗎？卡夫卡的重要作品，無一不是他個人最獨有的經驗、情緒、敏感與想像的結合。試想，卡夫卡的個人經驗不是出現在二十世紀文學中，而是產生在十九世紀集體經驗、籠罩、統治的現實主義中，那麼，他的寫作會是怎樣的一種結果？我們從十九世紀偉大的作品中，很難找到有類似於卡夫卡個人獨有經驗的存在。這不是說那個時候的作者和人們，沒有個體獨有經驗的存在，而是獨有的個體被強大的集體經驗所遮蔽、疏忽、抹殺去了。直到卡夫卡的出現——卡夫卡作品的被認識——那個個體人的個體經驗，才被現代寫作漸次地解放出來。

全因果寫作的另一弊端，是對生活和人的命運中偶然性的遮蔽和抹殺。它堅信一切都事出有因，結果必然條件。萬事萬物都有必然的來處和去處。無論是安娜·卡列尼娜、瑪絲洛娃、拉斯柯爾尼科夫、歐也妮·葛朗台、高老頭、愛瑪·盧歐等，無論是誰，他們的言行與命運，都是必然的結果，而沒有偶然的存在——既是偶然，那種小偶然也在大必然之中。在一切都是必然的全因果那兒，約瑟夫·K沒幹什麼壞事，卻在一天早上突然被捕這樣的事情是完全不可能的。一個人走在晴朗天空下，因為突然飛來的一塊石頭落在頭上而死亡，在文學中也是沒有意義的。然而，身處生活、環境和現實世界中的人，卻又恰恰不是永遠都在必然中，而是往往身處偶然中。約瑟夫·K的命運不是從必然開始的，而是從偶然開始並有這個偶然決定著他的必然和命運。偶然在文學中的合法性與偶然存在的合理性，乃至偶然對必然性在故事中的要求、管理與統治，這是零因果與全因果寫作的又一根本區別之一，也是全因果寫作的最大侷限之一。一個人走在路上被不知從何而來的石頭所砸死，在全因果那兒沒有意義。但在零因果中卻有全新的、更為複雜和深刻的含意。把偶然呈現出來，使之獲得人的和文學的必然價值——零因果所要進行的，正是全因果視而不見和有意遮蔽、捨棄的。基於這兩種侷限，二十世紀文學有了新的開始。零因果寫作在二十世紀上半葉獲得了普遍而令人驚異的認同之後，那些對卡夫卡寫作表現出崇敬之意的響噹噹的哲學家、詩人、劇作家和小說家們，可以排出一個長長的真正巨龍似的隊伍。僅就赫赫有名的小說家而言，就有卡繆、博爾赫絲、卡爾維諾、菲利普·羅斯[38]、納博科夫和馬奎斯等等，那個長長的作家隊伍，在他們每個人的寫作中，都以自己的方式，表達了對卡夫卡文本的理解（不是他的生平與環境）和對全因果侷限的掙脫與補充。他們的小說，對個體人的個體經驗的重視與對人在集體經驗中個體命運偶然性的重現，都使故事的因果關係發生了微妙、奇特和全新的變化。於是，又有新的因果關係孕育誕生了。

完全不同審美效驗的小說，就此而橫空出世，並與零因果一樣，獲得了無法估說的經典與成功。

第四章

半因果

半因果

賈西亞・馬奎斯在動筆寫作《百年孤寂》時，沒有作好它成為一部世界名著的思想準備。他以為它在南美出版社能夠賣掉五千冊，那就是一個不小的數目。他也沒有想到，是《百年孤寂》這本書，把「魔幻現實主義」這個詞帶到了世界各地，如風把野草的種子四處吹撒。二十世紀六〇年代聲譽鵲起的「文學爆炸」，在拉美那塊「神奇」的土地上，至少除了馬奎斯和他的《百年孤寂》，還有富恩特斯的《阿爾特米奧・克羅斯之死》，尤薩的《城市與狗》，柯塔薩的《跳房子》等，然而今天，被人們談論更多的是《百年孤寂》和馬奎斯。這就是文學。文學在時間中也是一種歷史，而不單只是一種文學史。歷史總是更願意記住那些成功者，而疏忽和成功者同道的奮鬥者——這有些殘酷，但也是一種無奈的必然。至少在中國，文學和歷史亦是如此。

三十年前，《百年孤寂》在中國的風行，如同麥可・傑克森的歌曲在人們的耳朵上跳舞。沒有看過《百年孤寂》，不談馬奎斯和魔幻現實主義，宛如你走進電影院卻沒有購買門票。但在三十年後，無數二十世紀的文學思潮都從我們嘴邊冷淡或者歇息、消失時，《百年孤寂》依舊被一代又一代的作家、批評家和讀者津津樂道，奉為自己對文學理解或某種觀念的佐證時，我們可以好好地清理一下，我們對《百年孤寂》和魔幻現實主義最常掛在口上的是什麼。被讀者和理論家最常提到的小說中那些不可思議的情節與細節，又是哪一些：

(1)人出生後長有豬的尾巴（布恩迪亞家族因直系血緣關係，總有孩子一出生就帶著尾巴）[39]。

(2)吃牆土與石灰——小說中雷貝卡吃牆土與石灰，成為她飲食和生理的必需。[40]

(3)人無法戰勝蔓生植物。[41]

(4)人會集體遺忘重大事件。[42]

(5)假牙上長出開有黃花的水生小植物。[43]

(6)兒子將失去理性的霍塞·阿卡迪奧·布恩迪亞永遠地捆在栗樹上。[44]

(7)小搖籃會無端的飛向半空。[45]

(8)阿瑪蘭塔故意把自己的手放在火上燒傷，從此一生都用黑布裹在受傷的手上。[46]

……

凡此種種，讀過小說之後，這種種神奇、神祕、魔幻的情節，永遠地留在了我們的頭腦和嘴邊。我們不能說這些情節就是魔幻現實主義，但它們給了我們魔幻現實主義最初的印記和理解，如同一個人走在習慣的道路上，被絆倒時才看清這條道路與他往日行走之路的不一樣之處。在讀者往日的閱讀中，不是說沒有過這樣的情節，而是說，沒有在一部小說如此集中的、大面積地出現。甚至從某個角度去說，正是這些奇特、奇異的情節，構成了一部小說的特異與偉大。在這兒，有一個被讀者忽略和不去追究的問題，就是以上的情節和這些相關相似的情節在《百年孤寂》中不僅無處不在，而且瀰漫在小說的字裡行間，幾乎就是它們在彰顯、證明著人物與故事的不同與其小說絕然曠世的顯明個性。而它們——又幾乎都是一種「不可能的發生」。馬奎斯用這樣的「不可能」，構築了他的全部小說，但我們，讀者們，卻沒有去追究它們在因果關係中的不可能、不完全和不對等性。

或言之，這不是我們閱讀中習慣的全因果。可我們又從來都以會心的微笑和神奇地發現去取代對這種超出全因果必然的「似乎、可能」的故事、情節、人物邏輯的合理性去進行追究。沒有批評家和讀者站出來疑問一個人出生時為什麼會長有尾巴。長尾巴的根本原因是什麼？有何樣的因為才有了這樣的所以？它的前提條件存在嗎？如果存在又是否合情合理呢？因為和所以，是否剛好為半斤正等於八兩呢？我們對馬奎斯在因果邏輯上的寬容為什麼如同君子之海量？然而，我們對卡夫卡在因果邏輯上的理解與寬容，卻沒有像對馬奎斯那樣大度和態度溫和呢？

一天早晨，格里高爾．薩姆沙從不安的睡夢中醒來，發現自己躺在床上變成了一隻巨大的甲蟲。他仰臥著，那堅硬得像鐵甲一般的背貼著床，他稍稍抬了抬頭，便看見自己那穹頂似的棕色肚子分成了好多塊弧形的硬片，被子幾乎蓋不住肚子，都快掉下來了。比起偌大的身軀來，他那許多隻腿真是細得可憐，都在他眼前無可奈何地舞動著。[47]

＊

……每年的三月光景，有一家衣衫襤褸的吉卜賽人家到村子的附近來搭篷。他們吹笛擊鼓，吵吵嚷嚷地向人們介紹最新的發明創造。最初他們帶來了磁鐵。一個胖呼呼的，留著拉碴鬍子、長著一雙雀爪般的手的吉卜賽人，自稱叫墨爾基阿德斯，他把那玩意兒說成是馬其頓的煉鐵術士們創造的第八奇蹟，並當眾作了一次驚人的表演。他拽著兩塊鐵錠挨家串戶地走著，大夥兒驚異地看到鐵鍋、鐵盆、鐵鉗、小鐵爐紛紛從原地落下，木板因鐵釘和螺釘沒命地掙脫出來而嘎嘎作響，甚至連那些遺失很久的東西，居然從人們尋找多遍的地方鑽了出來，成群結隊地跟在墨爾基阿德斯那兩塊魔鐵後面亂滾。[48]

以上兩段文字，均來自於兩位偉大作家之名著開篇的首段，放在一起進行對比性閱讀，或者回顧我們最初閱讀《變形記》和《百年孤寂》的第一感覺，再或我們閱讀完這兩部小說之後長久的記憶，必須坦誠地承認：我們懷疑格里高爾一夜之間變成甲蟲的合理性，而不懷疑墨爾基阿德斯的那兩塊磁鐵所到之處，鐵鍋、鐵盆、鐵鉗、小鐵爐之類的鐵器會紛紛從原地落下，叮噹亂響。前者不給讀者帶來合理性與真實性；而後者卻有這樣相似、可能的合理性與邏輯性。

前者的故事是從不可能開始並展開。

後者的故事是從「似乎」與「可能」和某種與合理的聯繫開始並展開。

前者的敘述幾乎沒有讀者的存在，視讀者而不見，不需要對讀者存有尊重，完全讓因果擺脫全因果，使人物和故事起始於無因果或說零因果。而後者既不是全因果，也不是無因果的零因果。它存有因果的可能，卻又大於（或小於）全因果的完全性與對等性——因為磁鐵與鐵器因果的必然合理性，讀者就不去或不太去懷疑那些遺失很久的鐵製器皿會不會因為磁鐵的到來而從尋找多遍的地方鑽出來。明明知道一塊磁鐵不會讓木板、家具上的鐵釘、鏍釘為了掙脫而吱吱嘎嘎地響，可這裡即便因為小於所以（或大於），或者所以小於（或大於）因為，磁鐵與鐵器之間沒有比例、重量、體積、能量的對等性，但也沒有任何讀者懷疑它們之間的邏輯關係的虛假性。因為——它們之間畢竟存在著一種既非全因果、也非零因果的——「半因果」。

請允許我們權稱這種「存在又不對等」的因果關係為半因果關係吧。因為就它因果關係的對等量，它是小於全因果而又大於零因果，徘徊、游動在零因果和全因果之間軸距上的可能之因果。

那麼，這種新因果——可能之因果，就是馬奎斯為世界文學貢獻的半因果。

半因果態度之一

現實主義的全因果，組織、溝通著故事的情節、細節、人物等，並發展、推進、回憶著小說的行程。這是一種「必須的可能」。必然性是它們彼此之間溝通、聯繫的最高準則。

而零因果放棄的正是這種必然性，為小說貢獻的則是「不可能性」之因果。然而到了馬奎斯後，他為小說尋找到了一種「似乎可能」和模糊不清的可能與不可能。

面對小說的因果，無論是遵從全因果還是零因果，作家的態度都是堅決的，不可爭辯的。他們對寫作的因果關係之立場，都是異常鮮明而不絲毫曖昧的。

「幸福的家庭家家相似，不幸的家庭各各不同。」[49]很肯定地寫下這句結論（所以）之後，托爾斯泰就開始去寫大段的關於家庭幸與不幸的原因，以證明他在開篇論斷百分百的正確性。在全因果中，作家總是要為自己得意的結論付出巨大的筆墨，去證明其結論的正確性和不容懷疑性。而且作家本人，也從來都對這種必然的因果抱有忠貞的態度，永遠在證明必然的合理。葛朗台之狡詐、貪婪、吝嗇這個典型的「這一個」，在小說中的形成、展開與豐滿，絲毫不讓我們懷疑他有因果上的缺陷和不足。冉阿讓在《悲慘世界》中驚心動魄；駝背畸人在《巴黎聖母院》中傳奇異人，但都有其百分百的可靠與情理。這種面對因果的立場與態度，和卡夫卡對合理性的反動與背叛那種義無反顧的堅決，都同樣表現出了非此即彼的鮮明性。那個冒充土地測量員的K，無論如何，就是無法走進城堡去。約瑟夫・K[50]，被法院無端逮捕和審訊的荒謬，也絕不會有日常間一加一必然等於二的合理性。

卡夫卡在不合理、無因果面前的堅決和果敢，猶如托爾斯泰稱安娜不再愛渥倫斯基是從忽然發現他的耳朵難看開始的那種小心與謹慎。而彼此在面對結果的態度，雖大相逕庭，卻都一樣的肯定與堅決。然而，當小說寫到馬奎斯的時代時，這種堅決變得沒有了，取而代之的是模糊和曖昧。「似乎可能」（馬奎斯式）在「完全可能」（托爾斯泰式）和「完全不可能」（卡夫卡式）之間遊走、晃動並微笑。

霍塞・阿卡迪奧・布恩迪亞在《百年孤寂》中被槍打死後，他傷口的鮮血像一股溪水流到了街上，又沿著人行道流去，流到街角後再穿過街道，流到對面的人行道上，最後又登上台階流進布恩迪亞家庭裡，把這樁不幸的死亡報告給他的親人[51]。這個中間的「因」是血的流動；「果」是那血流可以尋著方向並爬上台階流到死者家裡。顯然說，這裡的結果遠遠大於流動的條件，但畢竟還有「流動」和「亡靈回家」那種現實與地域性民間文化的原因。人出生帶有豬的尾巴——而我們人類的祖先在未進化時，也正是一出生也帶有尾巴的。墨爾基阿德斯在死後多年仍然可以回到布恩迪亞家族家裡他住過的房間和人說話。上校在晚年每天躲在屋裡製作小金魚。雷梅卡可以借助毯子隨風而去。小說中無處不在的這種混淆的「可能和不可能」的因果，構成了魔幻的神奇。一方面，魔幻神奇的因果關係中，都有拉美現實或傳統文化的依據；另一方面，無論有怎樣的依據，情節在生活真實的原則上，又是完全的不可能、不允許出現那樣無限誇大的結局。一方面，令人驚異的情節與變故，都是現實生活中絕然沒有的；但另一面，現實生活和過往歷史中，雖然絕對不可能，卻又總有「絕對真實」的蜘絲馬跡存在著。

由小或極小的因為↓到有限和無限的誇大↓再到可能或不可能的結局。這是魔幻現實主義半因果關係的基本邏輯或技法。如果可以把零因果、半因果、全因果由軸線標畫出來，它們彼此的關係、連結應該是如下的詳貌：

全因果　半因果　零因果

○——○——○

全因果和零因果都是自成體系環繞的，而半因果不僅也自成體系，而且是滑動在它們之間。全因果中作家的態度是虔誠忠貞的，為維護因果的合理不惜筆墨和心思，就像一個人為了證明自己是從哪兒來，不惜辛勞和行程，甘願把那走過的路，千里迢迢、萬水千山地再返身回走一遍給讀者。而零因果只告訴你我是從那個方向走來的，信與不信都與我沒有關係了。因此零因果給人一種隔膜和冷疏感。然而到了半因果，他告訴你他是從那遙遠的地方如何走來的，在你不信時，他不會再返身走上一遍給你看，他只是神祕地笑著，拿出他走來時那路上的一草一枝，作為證物給你看。那一草一枝的證物，有的是你似曾相識的，他時他地你也可以經見的；有的則完全是你陌生的，既無法說那證物是真的，也無法說那證物是假的。

馬奎斯說有人愛吃土。你不相信可你聽說過世界上確實有人愛吃土。

馬奎斯說世界上最強大的生命是藤蔓植物，人與藤蔓戰鬥時，最終會是失敗者。你不相信他的話，可你確實經歷過有的藤蔓你今天把它割斷後，明天它又會照樣生出來。你就是連根拔掉它，下一年它也仍然會從那地方堅韌不拔地生出來。半因果立足於它表現的現實，但絕不會割斷與生活發生的現實。而在它表現發生的現實時，它不是誇大它，就是縮小它，絕不會忠實它或者照相一般由鏡外的發生，決定鏡內的定形。在因果的軸線上，半因果是帶有作家掌控的滑輪左右的，當它靠近全因果將等於發生的生活真實時，它會迅速朝零因果的方向滑過去；當它又靠近了零因果將成為生活（真實）的不可能時，它又會機巧地朝全因果的方向滑過去。它像一個成熟的半大孩童，腳下踏著亦真亦幻的滑板，總是面帶莊重的微笑，在童真的空隙和年邁的周全之間舞動和行走。因此，他的臉上沒有作家對讀者周全的蒼老，也沒有不關不顧讀者的冷涼與疏遠。它是取兩者之勢，成自己之態。於是變得曖昧、親切，而含有在軌道上不規不矩的可愛。因此，我們無法說半因果是可信的，必然的；也無法說它是不可信的，不可能的。這種曖昧的模稜兩可，贏得了讀者和批評家對閱讀喜新厭舊的芳心，從而人們把對托爾斯泰全因果的愛和對卡夫卡零因果的驚異，全都交給了那個叫馬奎斯的人。

半因果態度之二

經常有人說，喜歡托爾斯泰、巴爾扎克和福樓拜，一般就不會接受卡夫卡；推崇卡夫卡，一般不會再回頭歌頌那些純正的現實主義的偉大作家們。他們雖然不會否定現實主義全因果的故事環鏈，甚至你可以聽到他們對巴爾扎克或托爾斯泰的高度頌揚，這也多半是對文學史的無奈尊重，並不是對一個作家或哪部作品的真正崇敬。在那些尊重卡夫卡的作家之談吐寫作中，你也會聽到、看到他們對過往大作家的褒詞和敬意，不過，那也只是他對文學史尊重的具體化而已。然而，到了馬奎斯和他的《百年孤寂》，這位出生在哥倫比亞加勒比海岸的人，意外地把純真、固執的現實主義讀者、作者與始於對卡夫卡零因果的驚異的讀者和寫作的追隨者們，神奇地統一起來了。他讓他們擱置歧義，共同喜歡自己的作品，這實在是一個奇妙的結局。尤其中國的讀者和作家們，這一點的突出，就如大家喜愛兩座山峰之間的一座橋梁。起初，沒有橋梁的出現，那兩座山峰是各有其獨自風光的挺拔直立，是兩峰完全不同的絕佳景色。兩類作家面對現實和世界的態度，因為零因果和全因果的絕然不同，現實在他們筆下也變得絕然與不同。然而，當半因果出現在馬奎斯的筆端時，他調和、折衷了前兩類作家面對現實和世界的不同認識，使半因果面對現實的態度，變得既獨特又寬廣；既保存了零因果的讀者，又挽回收編了全因果的讀者。從而是自己的讀者，在以上截然不同的兩類之間，獲得了既陌生、新異、獨具個性魔力，又有了被廣泛接受的認同。之所以會達到如此的收益，除卻我們談的馬奎斯把他小說故事中的半因果置放在全因果和零因果之間的因果雙向游動——既接近彼此又決然不和雙方真正靠攏、吻合的「中間路線」之外，就是馬奎斯在故事中向社會與人物的回歸。二十世紀小說疏淡社會和故事的傾向，因他得到了適度的挽回。這種回歸的挽回，是馬奎斯在寫作態度上曖昧、中間的勝利。

如果說，我們談的全因果、零因果、半因果多含「怎麼寫」的因素時，那麼，「寫什麼」在這種的全因果、零因果、半因果的寫作態度上，也在因之發生著奇妙而有趣的變化。全因果面對現實與世界的態度是批判的，介入的，擴大的，人物是近乎百分之百的「社會人」。故事的激流一定是社會關係與現實生活在語言中的急切盪動。造成安娜·卡列尼娜必須、亦必然臥軌自殺的，不僅是安娜的性情與性格，更是她所處的那段「一切都顛倒了過來，一切都剛剛開始建立」的俄羅斯十九世紀歷史大變革的社會必然。卡秋莎．瑪絲洛娃的悲慘命運，雖然與她的天性有關，而真正的原囚，則是那個複雜黑暗的俄國的社會現實。巴爾扎克在他的《人間喜劇》的前言中寫到，他寫作的目的是「完成一部描寫十九世紀法蘭西的作品」。《紅與黑》的副題是「一八三〇年紀事」。《包法利夫人》的副題是「外省風俗」。這一切的偉大寫作，都在向我們傳遞著全因果寫作與現實和作家所處時代的矛盾不可分割的密切關聯。即便愛瑪．盧歐[52]作為一個外省的鄉村女子，並不在法蘭西社會的中心位置；即便福樓拜在《包法利夫人》中更多的給我們提供了大量油畫般巴黎以外的風俗描寫，堅決反對作者在故事中表示意見，他也不會忘記寫到愛瑪在修道院中受到那種貴族思想與貴族感情教育時，一個老姑娘，作為「大革命摧毀的一個世家的後裔」[53]對她的影響，更何況整個小說的歷史背景，正是法蘭西波旁王室幼支的統治時期。無論如何，福樓拜寫的是巴黎以外的「外省」，可也是那個社會最為重要的組成，是當時現實社會與世界最大化的呈現。

在現實主義全因果寫作中，社會矛盾的深入化與複雜性愈是仰仗全因果關係百分百的合理性融入，人物就會愈發豐滿，故事就會愈發動人，小說就會愈發成功。但是，到了零因果，強大的社會背景不再成為人物與故事的舞台。「社會人」成為了人的「個體」。同樣是寫死亡，安娜是她所處的時代社會的複雜性把她推下了隆隆的車軌之下；格奧爾格·本德曼[54]則是因為父親那句——「所以你聽著：我現在判你去投河淹死！」而投河身亡。格里高爾則完全是自己「無原因」地變成了甲蟲，父親在他堅硬的背上投擲的蘋果最終發炎潰爛而使他不得不死。K在故事中的現實環境，從格奧爾格·本德曼和格里高爾所處的家庭環境中走了出來，到了城堡下的一個村莊。這個村莊無論是作為文學的地理環境，還是作為現實世界的對應存在，它大於家庭，卻又完全不是全因果小說中那種複雜的社會環境和現實世界的一種縮影，而是一種神祕的象徵存在，並非我們所知的社會存在。就是到了《審判》中，故事的行程路線和社會有著複雜的對應，也多為具體的社會與法律的響應關係，完全無法與批判現實主義作家們筆下全方位的「社會關係」相提並論。

是的，全因果致力並崇尚人物命運與複雜社會千絲萬縷、不可分離的因果聯繫。人物與故事的目的之一，就是對社會複雜性的揭示與批判。而零因果背叛的正是這一些，它割斷人物與社會的直接聯繫，與龐大的歷史背景之聯繫只是象徵和依靠讀者參與的聯想。而全因果中複雜的人物塑造，也被零因果之後的現代派寫作作為現實主義寫作目的、甚至為唯一目的而簡化和減弱，故事變得奇異和淡薄，人物成為符號或象徵。因

NK BLISHING

讀者服務卡

您買的書是：＿＿＿＿＿＿＿＿＿＿＿＿＿＿＿＿

生日：　　年　　月　　日

學歷：□國中　□高中　□大專　□研究所（含以上）

職業：□軍　□公　□教　□商　□農

□服務業　□自由業　□學生　□家管

□製造業　□銷售員　□資訊業　□大衆傳播

□醫藥業　□交通業　□貿易業　□其他＿＿＿＿＿＿

購買的日期：＿＿＿＿年＿＿＿＿月＿＿＿＿日

購書地點：□書店　□書展　□書報攤　□郵購　□直銷　□贈閱　□其他

你從哪裡得知本書：□書店　□報紙　□雜誌　□網路　□親友介紹

□DM傳單　□廣播　□電視　□其他

你對本書的評價：（請填代號　1.非常滿意　2.滿意　3.普通　4.不滿意　5.非常滿意）

內容＿＿＿封面設計＿＿＿版面設計＿＿＿

讀完本書後您覺得：

1.□非常喜歡　2.□喜歡　3.□普通　4.□不喜歡　5.□非常不喜歡

您對於本書建議：

感謝您的惠顧，為了提供更好的服務，請填妥各欄資料，將讀者服務卡直接寄回或傳真本社，我們將隨時提供最新的出版、活動等相關訊息。

讀者服務專線：（02）2228-1626　讀者傳真專線：（02）2228-1598

廣	告	回	信
板橋郵局登記證			
板橋廣字第83號			
免	貼	郵	票

235-62

台北縣中和市中正路800號13樓之3

印刻文學生活雜誌出版有限公司　收

讀者服務部

姓名：＿＿＿＿＿＿＿＿＿＿ 性別：□男　□女

郵遞區號：＿＿＿＿＿＿＿＿

地址：＿＿＿＿＿＿＿＿＿＿＿＿＿＿＿＿

電話：（日）＿＿＿＿＿＿＿＿（夜）＿＿＿＿＿＿＿＿

傳真：＿＿＿＿＿＿＿＿

e-mail：＿＿＿＿＿＿＿＿＿＿＿＿＿＿

此，那些喜愛全因果的讀者，面對零因果頗有不解和莫名其妙的恐慌與不安。作為文學的讀者，他們變得躲避與沉默。而那些崇尚現代寫作的讀者與作家，一面面對文學史不得不對輝煌的全因果寫作的偉大作家們表示出無奈的尊敬與羡慕，又對那些與全因果寫作至死不渝的追求者們表現出無奈的不屑。全因果和零因果寫作，是全然不同的兩大陣營。十九世紀在全球範圍內培養的龐大的讀者，並不喜歡零因果的寫作，一如從上一世紀走來的老人不喜歡新時代的世事變遷。而二十世紀培養的現代讀者和作家，不否認十九世紀文學的偉大，又對那種全因果寫作多少有些不屑一顧，甚至會嗤之以鼻。這種分化和沒有被人們挑破開來的矛盾，到了馬奎斯得到了折衷的調和與緩解。他讓對零因果寫作備覺推崇的作家與讀者，感到了他對零因果的豐富與發展；又讓對全因果崇尚的讀者與作家，感受到了他對全因果的繼承與創新。這個在《百年孤寂》中被全面使用的半因果，表現在作家面對現實與歷史的態度上，是一種回歸和挽回。它不再像現代派們那樣，只在故事中注重個體的人，而放棄集體的社會和歷史。面對故事的態度，人物不再是那種「文學主義旗幟下的故事和人物」，而人物和故事，既是某種文學主義的，更是現實世界與歷史之中的。

全因果寫作的人物與歷史環境是豐富、複雜的。

零因果寫作的人物與歷史環境是相對單純、明瞭的。但人物個體的內心世界卻是豐富、複雜的。

到了半因果，馬奎斯把兩者結合起來了。或者說，他在卡夫卡向全因果的背叛中，向後撤退了大半步，一手牽住了零因果，一手牽住了全因果，把故事、人物與現實社會在零因果中拋棄的那一部分又努力地找回到了小說中。

換言之，馬奎斯相比於卡夫卡之後的許多現代派的作家們，他對故事、人物和故事與人物同讀者普遍關注的社會、歷史現實的關係，又表現了某種深切的熱情與關注。《百年孤寂》的故事以布恩迪地亞一家七代人坎坷、神奇的經歷和馬貢多那個小鎮上百年的歷史變遷——從興起、發展、鼎盛到隨風而去的消失，以此描寫了哥倫比亞乃至整個拉美大陸的百年歷史演變與所處的社會現實。一九九二年瑞典皇家學院授予馬奎斯諾貝爾文學獎時，稱它「彙集了不可思議的奇蹟和最純粹的現實生活」。「不可思議的奇蹟」的描寫，正是仰仗著半因果在《百年孤寂》寫作中完美、普遍的運用。「最純粹的現實生活」——正是馬奎斯對本民族現實與歷史深切關注後讓寫作向社會與現實的回歸。

我們無法分辨馬奎斯獲得諾貝爾文學獎究竟是諾貝爾文學獎成就了《百年孤寂》

世界聲譽的經典地位；還是馬奎斯的文學成就又一次鞏固了諾貝爾文學獎世界聲譽的權威。但自此之後，拉美文學不僅是向著拉美地區和西方世界全面鋪開，使那些智慧醒悟的作家與讀者，明瞭了小說的人物一味地「個體」，是一個獨具光彩的陷阱。而一味地「社會」，則會是一片繁鬧的清寂。拉美作家普遍獨具個性的寫作，同時不失對本民族現實與歷史的關注，如尤薩和富恩特斯[55]、柯塔薩[56]等。從某種意義上籠統大致地說，是他們把十九世紀的寫作經驗和二十世紀上半葉的寫作經驗，相融相匯在了自己的思維和筆下。即便他們不是這麼明確、明白地行文與思考，那也是神靈在冥冥之中對拉美作家的眷顧和暗示。我們試想，在《百年孤寂》中，如果馬奎斯沒有寫出他本民族的百年興衰史，沒有塑造出上校這個鮮活生動，具有生命質感的人物來，而只有那一堆魔幻的神奇和細碎，這部作品還會有今天的偉大嗎？

半因果態度之三

在全因果小說中，無論處於何樣的目的，不懈追求全面、深刻的展示人物所處的時代背景和人物與社會關係的複雜矛盾，都是一種必須與必然。而零因果的卡夫卡，卻幾乎是徹底拋棄了這一點。他的小說，事實上是作者與人物完全混淆後同潛在社會關係糾纏的虛構。我們為了對那些神祕莫測的小說表達參與和理解的渴望，被他小說中的黑洞意識弄得不知所措。他那抽象而又引人有趣的字詞和句式，是把讀者引向黑洞的目光。所以，他把我們對人與社會的矛盾理解帶進了他的小說。而且，帶進的越多，證明我們對他寫作的理解越發地深刻。

現實主義是被讀者閱讀的現實主義。

現代主義是被讀者參與後而寓言和神話的現代主義。卡夫卡是最可以被參與、寓言和神話的一個，因為他提供了那些可以被神化的最好的範本。

但是，比起馬奎斯的半因果寫作，關於作家和歷史、現實的構成，卻是更為直接微妙的存在。巴爾扎克、福樓拜、雨果、托爾斯泰和屠格涅夫們，他們是以自己的思考和寫作，去做出作家、人物與社會矛盾的深刻展現。那些小說，是讀者的小說。讀者只需要在閱讀中去感受、體會，就已經完成了讀者的使命。可到了卡夫卡，那些小說是作者自己的小說，讀者必須自己去努力參與並思考。更多時候，那思考不是讓讀者同作家一道去完成，而是要靠讀者獨自去探究。這也使閱讀卡夫卡要比閱讀托爾斯泰讓讀者吃力和疲勞的原因之所在。但是，閱讀《百年孤寂》時，我們從中體會到的作家與人物、故事中展開的歷史和社會之現實，卻是輕鬆、怪誕、跳躍的。「最純粹的現實生活」——因為純粹，恰恰說明了作家經過了選擇與過濾。而選擇與過濾，也正是作家面對歷史的態度。托爾斯泰對十九世紀「一切都顛倒了過來，一切都剛剛開始」的俄羅斯大變革的社會歷史是在全因果中盡力地展示與批判。卡夫卡面對他所處的時代——是那種「猶太性」文化在自疑中「無因果」的表現。自疑導致「無因」，反過來，無因又在故事中更深刻地表現了猶太性的歷史文化。馬奎斯在面對人物和故事在《百年孤寂》中與歷史的關係時，則一半是現實主義的承擔，一半是現代寫作的「放棄」。全因果的現實主義作家，在寫作中都表現一種對歷史與現實全面的承擔精神。而卡夫卡在《變形記》、《城堡》和《審判》中，面對本民族歷史的態度，如果不能說完全放棄，也是讓歷史朝著猶太性文化的悄然轉移。由猶太性現實取代傳統作家貫穿在小說中呈現的歷史和社會與人物的繁複糾葛，而給讀者帶來的感覺，就是對通常的社會、歷史描寫的盡力轉移至與理性對抗的世俗的故事環境。尤其在《變形記》和《城堡》等小說中，如果想要如十九世紀小說中那樣去感覺一個民族的社會與歷史，讀者將會徹底的失望和徒勞。可是，在《百年孤寂》中，讀者如同無法感受現實主義的全因果和卡夫卡現代寫作的零因果一樣，既不能從中感受托爾斯泰對社會現實與民族歷史盡力的全面展示與批判，也無法感受卡夫卡把歷史與社會現實向猶太性轉移的鮮明展示與暗示——而所能感受的，僅僅是潛在社會關係的一種虛構。然而到了馬奎斯，他毫不迴避本民族的歷史與現實。在這一點上，他的堅決性同現實主義相差無幾。而所不同的，就是馬奎斯完全採用了最為個人的歷史態度——一種更為個人審美的半因果姿態。可在現實主義作家那兒，面對歷史與複雜的社會現實，幾乎所有作家的態度都是共同的；相近乃至完全一致的——發現、揭示和批判。因為發現而揭示。因為揭示而批判。因為批判而偉大。並因為批判而為後來所有寫作確定了偉大、獨立的寫作立場。因此，在十九世紀寫作中，歷史與社會大於人物，左右人物的命運。人物可以反抗現實與歷史，但他（她）作為社會人，多是「社會中的人」，是社會中的一部分；社會中「這一個」。而到了馬奎斯，半因果被他帶入了作家透視社會與歷史的眼睛中，故事和人物參與社會，無法逃離社會和民族歷史。但歷史、社會不高於、大於人物。人物的命運在半因果的個人中，而不在複雜的社會因果中。社會是「人的社會」，但人不一定是「社會的人」。這是一個根本的區別。前者，在社會歷史中展開人物；後者，在人物中展開歷史與社會。奧雷良諾・布恩迪亞上校在《百年孤寂》中不僅是參與社會歷史的人，更是創造馬貢多歷史的人。他一生征戰天下，發動過三十二次全部失敗的起義。可他這種武裝起義，卻並不是十九世紀英雄們為了民族、社會和真正的民主與自由，而是為了一個「男人的驕傲」。創造了歷史，卻不為了社會的進步，也不為了撐控天下的權力，卻僅僅為了「男人的驕傲」——那麼驚心動魄、不屈不撓、出死入生，卻又僅僅為了一個「男人的尊嚴」，這在現實中是降低、矮化了小說的歷史意義，但在審美上，卻恰恰又提高、豐滿了人物在故事中（是歷史在人物中）藝術的典型。

數年後，當奧雷良諾・布恩迪亞上校檢查財產證書時，發現從霍塞・阿卡迪奧院子的土丘上放眼回顧，凡目力所及之處，包括公墓在內，統統登記在哥哥的名下；還發現阿卡迪奧在當政的十一個月內，不僅侵吞了所有的稅款，而且還搜刮了居民們能在霍塞·阿卡迪奧的屬地上埋葬而交付的一切款項。[57]

這是《百年孤寂》中相當「社會意義」的敘述，他揭示了布恩迪亞家族如同人類社會無處不在的權力與腐敗的結合。可在馬奎斯筆下，他完全有意疏忽其「社會批判意義」，只是用來作為人物的素材（不是社會的材料）來描寫哥哥的貪婪。而且作家在此並不多注筆墨，絕不有意地賦予社會與歷史以宏大寓意。人物的意義大於社會歷史的意義——這是《百年孤寂》在寫作中處理社會與歷史的文學態度。拉美地區作為歐洲和美國長期占有的殖民地，這在拉美的歷史中是極為重要、重大的歷史事件。人們在被殖民時期受欺壓、迫害的現實，是所有現實主義寫作必然濃筆重彩的血淚史，然而到了馬奎斯的筆下，也就是如下類似的一些文字在故事中時隱時現：

馬格尼菲科·比斯巴爾上校的一個兄弟帶著七歲的孩子在廣場上的流動攤頭喝汽水。孩子不小心碰著了一位警察小隊長，汽水濺上了他的制服。這個野蠻的傢伙竟用砍刀把孩子搗成肉泥，又一刀砍下前去阻攔的爺爺的頭。當一群人把無頭屍體抬往家去時，全鎮的人都看到了。他們還看到那個被砍下的頭顱由一位婦女抓著頭髮拎在手中，還看到那裝著孩子碎屍的鮮血淋淋的布袋。[58]

這兒與其說是作者在展示殖民者對被殖民者的欺壓，倒不如說是展示作家如何用他的半因果的文學觀去面對歷史與現實。孩子的汽水濺濕了一個警察的制服→警察把孩子搗成了肉泥；警察一刀砍了前去阻攔的爺爺的頭→一個婦女把人頭抓著頭髮拎在手中走了。前者是極小的原因→天大的結果；後者從天大的因為→無限縮小的、平靜的所以——抓著頭髮、拎著人頭走了。「鎮上的人都看到了」。如此而已。馬奎斯絕不迴避歷史與現實，也絕不會把複雜的社會矛盾如卡夫卡那樣轉化成「潛在的社會關係」。他直面這些，卻又不是如現實主義那樣去保有道德立場的展示和批判。他把道德從現實中盡力抽去，只留下作家的語言敘述和面對這些誇大或縮小的人物與社會矛盾的半因果關係。

讓歷史與社會現實重新回到以「個體人」為寫作核心的故事中，恢復社會與歷史在卡夫卡式的現代小說故事中失去的存在，但又不是恢復它們往日在現實主義故事中輝煌的統治地位。歷史與社會現實，也同樣被半因果選擇和過濾，它服從人物、小於人物，都被歸納入馬奎斯半因果的文學方法與世界觀中，這是《百年孤寂》為二十世紀文學提供的作家、歷史和社會現實新的文學關係。

半因果胎議之一

半因果寫作，在二十世紀中葉之後，在世界文學上的轟然興起，並非是馬奎斯和拉美文學的獨家祕笈。《第二十二條軍規》、《鼠疫》、《萬有引力之虹》、《鐵皮鼓》和「垮掉的一代」的寫作，其中都有半因果的元素，甚至在《一九八四》中，也不乏對半因果寫作技法（思維）之運用。其差別無非量大量小、偶然普遍、自覺與不自覺和純熟與非純熟的差別而已。

毫無疑問，到半因果出現在馬奎斯的筆下，並遍及《百年孤寂》的字裡行間時，那個從加勒比海岸走出來的作家，他的內心是明白和有所準確思考的。把半因果在文學中推向峰頂他是經過深思熟慮的。也因為他的寫作，半因果從技巧的層面，上升成為了認識世界的方法。追蹤半因果與零因果的寫作關係，任何人都會想到他曾經在青年時期，對卡夫卡寫作的驚異、愕然與興奮。這一點馬奎斯的傳記《回歸種子》中寫得非常清楚。可在馬奎斯最重要的作品中，我們又很難找到卡夫卡零因果在他寫作中的直接存在，為什麼會是這樣？走進《番石榴飄香》這冊馬奎斯與他的同籍作家門多薩的曉白對話中，馬奎斯則講得直白準確，更為有趣而令人深思：

門：是她（馬奎斯外祖母）使你發現自己會成為一個作家的嗎？

馬：不是她，而是卡夫卡。我認為他是採用我外祖母的那種方法用德語來講述故事的。我十七歲那年，讀到了《變形記》，當時我認為自己準能成為一個作家。我看到主人公格里高爾．薩姆莎一天早晨醒來居然會變成一隻巨大的甲蟲，於是我就想：「這麼寫呀。要是能這麼寫，我倒也有興致了。」

門：為什麼這一點引起你那麼大的注意？這是不是說，寫作從此可以憑空編造了？

馬：是因為我恍然大悟，原來在文學領域裡，除了我當時背得滾瓜爛熟的中學教科書上那些刻板的、學究式的教條之外，還另有一番天地。這等於一下子卸掉了沉重的包袱。不過，隨著年逝月移，我發現一個人不能任意臆造或憑空想像，因為這很危險，會謊言連篇，而文學作品中的謊言要比現實生活中的謊言更加後患無窮。事物無論多麼荒謬悖理，總有一定之規。只要邏輯不混亂，不徹頭徹尾地陷入荒謬之中，就可以扔掉理性主義這塊遮羞布。

門：還得不陷入虛幻。

馬：對，還得不陷入虛幻。

門：你很討厭虛幻，為什麼？

馬：因為我認為虛幻只是粉飾現實的一種工具。但是，歸根結柢，創作的源泉永遠是現實。而虛幻，或者說單純的臆造，就像華特．迪士尼[59]的東西一樣，不以現實為依據，最令人厭惡。[60]

馬奎斯的這段對話，至少是明確地說明了以下問題：

(1)《變形記》對他寫作的啟蒙性影響。而這啟蒙性影響的，也正是他在後來又向門多薩說的：「那是在大學一年級讀法律的時候，我讀到了《變形記》。我至今還記得開頭一句，是這樣寫的：『一天早晨，格里高爾．薩姆沙從不安的睡夢中醒來，發現自己躺在床上變成了一隻巨大的甲蟲。』『他娘的，』我想，『我姥姥不也這麼講故事的嗎？』」[61]

(2)馬奎斯隨著年逝月移和對寫作認識的成熟，認定「一個人不能任意臆造或憑空想像」。並對此厭惡痛恨，深惡痛絕。

(3)創作的源泉永遠是現實。「一切優秀的小說，都應該是現實的藝術再現。」[62]

這就是一個偉大作家對另一個偉大作家的開悟性啟發，也是另一個偉大作家對前者的堅決懷疑。一個作家不對開創性作家尊重是一種無知；一個作家不對前輩產生懷疑，是一種無能。我們不知道馬奎斯是什麼時候，在什麼情況下對卡夫卡零因果的寫作產生了「任意臆造」、「憑空想像」那種判斷的。也沒有必要知道這一切。但他在寫作中對零因果和理性主義的懷疑卻是明白無誤的。「只要邏輯不混亂，不徹頭徹尾地陷入荒謬之中，就可以扔掉理性主義這塊遮羞布。」把寫作中的理性主義視為一塊遮羞布，如果不說明他對那種零因果寫作的反感，也說明他對「不合邏輯」的痛絕與討厭。然而，即便如此，馬奎斯也沒有從「不合邏輯」的零因果退回到完全合乎邏輯的全因果。「他（托爾斯泰）的作品在我心中從來沒有占據什麼地位」[63]，這句話馬奎斯說得斬釘截鐵，毫不猶豫，儘管他也認同《戰爭與和平》是迄今寫得最好的長篇小說。到這兒，我們就不難理解半因果之所以在他寫作中的胎兒產生和成熟，是因為他既瞧不起托爾斯泰現實主義的全因果寫作，又不贊同卡夫卡現代主義的零因果寫作。既不認同全因果，又不得不承認《戰爭與和平》是最好的長篇小說；既討厭卡夫卡的「憑空臆想」，又必須面對零因果使他成為一個作家的啟蒙性開悟。於是，在卡夫卡和托爾斯泰之間，他找到並站立在了中間的可游移地段。既可以避免「格里高爾一夜之間變為甲蟲」不合現實邏輯的憑空臆想，又可以和「安娜不愛渥倫斯基是從發現他的耳朵醜陋開始的」過於傳統的全因果邏輯區別開來。於是，半因果在他那兒胎孕了，明確了，成熟了——這不僅是寫作的技法，還是認識世界的方法。

半因果胎議之二

無論馬奎斯如何地厭煩卡夫卡的憑空臆想，無論在他與門多薩的談話中，還談到多少別的作家，比如海明威、福克納、蘭波和西班牙黃金時代的詩歌等，甚至直言不諱地認同自己最好的短篇〈禮拜二午睡時刻〉，就是讀了海明威的《一隻被當作禮品的金絲雀》才寫出來的，但我們從他對世界文學最大貢獻的半因果角度去看他的創作，卡夫卡的零因果，終歸還是他半因果最初胎孕的起因。以其最早的兩篇小說為例，《藍寶石般的眼睛》和〈納沃，一個讓天使等待的黑人〉，前者寫一個男人在夢中永遠相遇一個心儀的女子。因為那女子總是在任何地方、以任何方式都會為他寫下「藍寶石般的眼睛」那句神祕的符語。後者寫一小人物納沃，因為刷馬時被馬蹄踢了前額，於是在屋病疾十五年不能動彈，而另一個只會聽留聲機的啞巴女孩，就在納沃身邊，一守就是十五年。十五年之後的某一天，「當人們把牢門關緊，聽見裡邊有人在艱難地行走……聽到裡邊好像有一頭關在籠裡的野獸在喘息」[64]。而後這個黑人就像野獸一樣從屋裡躥出來，可守了他十五年的啞巴女孩在看見了他以後，終於想起她一生中唯一學會的一個名詞，便坐在客廳裡高喚起來：「納沃！納沃！」——這兩個都與情愛相關的短篇，其實都有《變形記》之零因果那樣的講述隱存其中。那個總在某個男性夢中出現、並且總要為那男子寫下「藍寶石般的眼睛」那句話的女子，她是什麼人？為什麼總是出現在另一個人的夢中？那句「藍寶石般的眼睛」到底是什麼意思？為什麼總是這句話而不是別的話？一切的疑問，作者一概不予回答，這也正是卡夫卡零因果「皇權敘述」的照搬移植。納沃被馬蹄踢了前額，在屋裡一臥十五年，而那個癡情的白癡啞巴小姑娘，也一守就是十五年。納沃十五年過的如格里高爾成為甲蟲後在屋裡關閉一模一樣的生活，其所不同之處，是格里高爾成為甲蟲之後，他的親人、家庭和世界正冷酷地一步步向他疏遠，而納沃在屋裡如甲蟲般的生活，卻有著一個白癡的啞巴姑娘守在他的身邊。然而，一個人能真的在一間屋一臥十五年嗎？從真實的全因果的角度去說，十五年來那屋裡都發出死屍的臭味，可又如何會突然使他變得「狂暴而憤怒地刨抓住地面，這股狂暴的力量使他撞倒了穿衣鏡；也使他以為刨抓草地能夠重新揚起那股母馬的尿味，然後才可能走到馬廐的門前——」[65]就其這兩篇小說而言，與其說是馬奎斯的荒誕性與神祕性和卡夫卡的相似及聯繫，倒不如說是他在寫作中面對世界和事物的邏輯關係與卡夫卡零因果的借鑑與聯繫。這兩篇小說，不是馬奎斯小說中值得稱道的佳品，但沒有這兩篇的寫作，也就沒有後來的馬奎斯和半因果。沒有這兩篇，也就沒有後來他真正漸成半因果風格和個性的《枯枝敗葉》和《最末後的一天》等。

在《最末後的一天》中，馬奎斯較早並明確地把拉美「神奇的現實」——大批飛鳥自殺這一現象寫進小說，並構成了小說故事開始、發展和推進的邏輯關係。因大批飛鳥自殺和大批鯨魚自殺一樣，是人類的真實奇特之一種，有其自身合理的因果和必然，它不是「人變甲蟲」的無因之果的空穴來風，所以，在小說中它給人「可信可疑」的因果推敲，這就成就了有別於零因果和百分百真實的全因果的新因果。於是，半因果由此，在馬奎斯的小說中明確下來，猶如太陽一旦從模糊的霧靄中升起，必然會驅散霧靄而明亮照耀一樣，從此，隨著《最末後的一天》和《枯枝敗葉》的成功，半因果便如旭日樣照亮了馬奎斯的寫作，直到半因果在《百年孤寂》中光明燦爛，如日中天的照耀至強烈。

更有趣的是，馬奎斯有些厭煩卡夫卡的「憑空臆想」（零因果），而卻慷慨地盛讚格雷安·葛林[66]的寫實時，他說：「是的，格雷安·葛林確實教會了我如何探索熱帶的奧祕。一個人很難選取最本質的東西對其十分熟悉的環境作出藝術的概括，因為他知道的東西是那樣的多，以致無從下手；要說的話是那樣的多，最終竟說不出一句來……有些人只是羅列現象，而羅列的現象越多，眼光就越短淺；據我們所知，有的人則一味地雕詞琢句，咬文嚼字。格雷安．葛林非常正確地解決了這個文學問題：他精選了一些互不相干、但是在客觀上卻有著千絲萬縷真正聯繫的材料。用這種辦法，熱帶的奧祕可以提煉成腐爛的番石榴的芳香。」[67]有關葛林「探索熱帶的奧祕」的小說，在他一生龐雜的創作中，最鮮明的是他一九四〇年寫就的《權力與榮耀》那部「堪稱葛林最具難度的作品」[68]。而馬奎斯在《番石榴飄香》中多次談到他和葛林的交往情誼時，唯一談到的葛林的小說也是這一部，甚至說：「他（葛林）是大力幫助我認識熱帶奧祕的作家之一。說實在的，文學的真實並非照相式的，而是概括的。而獲取這一概括能力的基本因素，則是敘事藝術的一個祕密。格雷安．葛林對此十分內行，我是從他那兒學來的。我認為，在我的幾部作品中，特別是在《惡時辰》裡，這一點顯而易見。」[69]可沿著馬奎斯供述的路線，我們去閱讀葛林和他的小說，比如《權力與榮譽》和他的《惡時辰》，在中譯本中，我們完全可以從《權力與榮譽》中感受馬奎斯感受的「探索熱帶的奧祕」，可從《惡時辰》中，我們除了感受這種「熱帶奧祕」之外，可卻更清楚地從敘述的邏輯中體味到了卡夫卡零因果與半因果的聯繫。那就是：零因果為母，半因果為子。零因果在先，半因果在後。

坦誠而言，葛林相比於馬奎斯，前者我們稱他為偉大的作家時，無論是筆是心，都會有一念之猶豫，但稱馬奎斯偉大時（儘管他還活著，違背人們稱其偉大的習慣），我們會脫口而出。但把《權力與榮譽》和《惡時辰》這兩部同為「探索熱帶奧祕」的作品放置在同一書桌上，前者確是給了我們更為深刻的熱帶奧祕的印記；而後者，則給我們因為因果方才半因果的誕生印記——在熱帶的那個叫馬貢多的鎮子上，總是神祕地不斷出現貼在街頭的匿名貼。那貼上寫著鎮上發生和將要發生的事情。這是一種預言和告示。它攪得上至鎮長、法官和神父，下至百姓平民，無不心慌意亂，風生水起。直至小說的最後，這個無數無來由的匿名貼都統治著小說的故事、情緒和鎮上的一切。這個無來由的匿名貼在小說中既是「熱帶的奧祕」，更是零因果向半因果的過渡與聯繫。畢竟，匿名貼、匿名信之類的隱名上書和昭告，是我們任何地區人與人的關係、現實存在的真實之一種。它可以「無來由」，但一定是「可能的發生」，而不是零因果的「不可能」。它含有零因果的文學因子，又存有半因果的真實因子。所以說，當馬奎斯說他在《惡時辰》中受到了葛林探索熱帶奧祕的影響時，我們則更多地讀到了他受到零因果的邏輯影響。這也許是一種「誤讀」，也許是馬奎斯無意間對卡夫卡影響的再次洩漏。之所以說他是無意地洩漏，是因為他的寫作異常注重故事的「半邏輯關係」，又從來未曾談到過他小說中有類似於半因果與零因果和全因果的區別及聯繫那樣的話。

馬奎斯從不談他在小說中面對事物的因果態度，正如每個人都不需要去談飢餓時必須吃飯一樣。然而，飢餓給每個人的感受卻是相同的，而飢餓時每個人的飲食卻是千差萬別的。面對寫作，因為每個作家都必須思考故事和故事中事物的因果聯繫，正因為這樣，人人皆需，人人皆要，人人皆有，我們就忽略了這一點，不再去談論、思慮這一點。而卡夫卡和馬奎斯，雖不去談論這一點——小說的因果邏輯，卻又恰恰都從這一點注重和突圍，創造了新的因果邏輯——零因果和半因果。於是間，他們在二十世紀文學中，成為了兩座山峰，如同托爾斯泰和巴爾扎克在十九世紀樣。於是，後來者的寫作——我們筆下的故事，就只能在全因果、半因果和零因果中蹲守和掙扎，如同我們只能在田地、河流與陽光中種植一樣。辛勤中，我們把愛和智慧交給土地，土地把收穫還給我們，我們卻忘記了土地是我們的福祉，也是我們的牢籠與監獄，是關閉格里高爾和納沃的發著屍腐氣息的舊房子。

第五章

內因果

外真實與內真實

把全因果、半因果、零因果比作故事之土地、陽光和水分時，生活（經驗）和靈感（感悟）成為故事的種子後，小說開始發芽了。隨著季節的耕作和收穫、豐收或減產、旺季和淡季、大年或小年，甚或顆粒不收、遭雨遭災的迭加更替，作家不僅感到了全因果是一種寫作的牢籠——這種故事的紀律，嚴重地約束著寫作者思維的迸發性放射，也同時禁錮著作家對生活那種徹骨的感受。於是，零因果的出現，打破了小說的全因果關係那種密封的環形構建：此果必然彼因，彼果也必然此因，故事是開始與結尾的環形應接。全因果的必然性和對等性，在零因果這兒失去了效用。在零因果全新的寫作中，無因也可以有果。結果不一定有必須之條件。某種條件未必要有讀者和人人都可以經驗、感受的某種可能（原因）。其無因之果的故事，不僅同樣可以使讀者從中獲得某種審美性感受，而且是一種與此前完全不同的全新的審美與感受。然而，零因果畢竟還是違背了讀者、作者、論者千百年來共同合訂的真實之契約，使讀者（包括馬奎斯）感到了「憑空臆想」對生活和人人都經驗的真實冒犯。如此，半因果孕育而生。它的出現，向後聯繫著全因果百分百的真實原則，向前聯繫著零因果的審美提供。從而，又一種新的小說審美、又一個「新的真實」，在故事裡運用而生，使小說在新的審美上又回到了「仿真」的軌道。

當零因果和半因果在二十世紀文學中成熟並發達之後，讀者和作者、論者在百年的寫作與閱讀中，又默契合約了小說的新真實原則——內真實原則。

內真實是人的靈魂與意識的真實。外真實是人的行為與事物的真實。二十世紀的現代寫作，在真實的努力方向上，正是朝著這個內真實目標的努力。在十九世紀文學中，我們可以發現一個傳統的外真實走向軌跡，即所有塑造成功的「這一個」，他們的思想、靈魂的變化，都是由外部世界——比如社會、環境和他人所造成的（至少也是於此必然相關的）。安娜和瑪絲洛娃的命運是那個時代為自己雕刻的時代縮影。高老頭、葛朗台以及愛瑪．盧歐和于連，都是一個時代的人群性寫照。沒有時代、環境、他人，這些人物幾乎無法存在。就是他們作為故事的偉大人物，其真實也都入木三分到了生命與靈魂之中。人物的真實，早已超越了世相真實，進入了生命真實和靈魂的真實。但是，他們走向靈魂真實的因素，都是外因的引發和推進。外因引發內因的變化，從而使小說從外真實走向了內真實。以拉斯柯爾尼科夫為例，這是十九世紀小說中最有內真實——個人的靈魂與意識的真實的不朽人物——的「這一個」。然而，他靈魂中的衝突、恐懼、厭惡、自傲與損貶，又皆都源於社會的不公和貧窮。作家對他靈魂真實的展示，最初並不源自他靈魂的本身和人物的自我意識，而源自與他相關的外真實——對房東的殺人劫財。殺人劫財，又源自社會不公給他造成的極端貧窮。極端貧窮的具體化，就是他無力承擔房東日日逼交的租房之債。說到底，一切都還是「事出有因」，而那個「因」的因為，又都是外部世界導火線的燃點——因為外部（社會），才所以內部（內心與靈魂）。也因此，我們把這種「由外向內」呈現的真實，稱為一種「外真實」。這種寫作，是一種外真實的內化寫作。故事是由外部向內部發展並演進。但是，到了二十世紀，到了卡夫卡之後，故事的方向不再是由外向內的大趨，而是由「內」向外而發展的逆向——如果可以把格里高爾成為甲蟲和K走不進城堡作為「內」或某種「內真實」的話，我們發現，故事的起因，不再像拉斯柯爾尼科夫逼向真實的最初是外部世界造成他殺人的那個開始，而是從人物的某種內真實的靈魂內部開始，向外部的散發和構成。

現實主義注重客觀世界的唯物論。

現代主義注重主觀世界的唯心論。

前者把故事從外部引向內部（靈魂）；後者把故事從內部（靈魂）引向外部（環境與社會）。這是外真實與內真實寫作方向的根本區別。《城堡》和《審判》中人和世界的荒謬性，成為故事之內真實的靈魂和情節與人物的行為之源後，便在方向上一面由內向外地展開，一面是內真實本身的層層展示。那個號稱測量員的K，愈是努力，愈是無法走進城堡裡去，這種曾經被看作表現主義的人類內真實的荒謬性，就愈發地明顯和突出。直至小說的最後，文字表面展示的是K走不進城堡的外在過程，實則是對內真實——人和世界的荒謬性進一步的描寫和加強。

如果說在內真實的層面上，卡夫卡有著更多的寓意和象徵，讓讀者頗有猜謎和破解的困擾，那麼，意識流小說，則可以說是人物在個人意識——內真實的極致寫作。吳爾芙[70]在她的經典小說《戴洛維夫人》中把筆端伸到人的腦溢內部，讓人物的意識如曠野無向而吹拂著的習風，想東則東，想西則西，使人物的心理時間衝破現實時間而隨意伸縮：

她（這個當時十八歲的姑娘）站在窗檯口，的確感到有點寒冷刺骨，又感到心情沉重，就像什麼可怕的事情就要發生。她站在那裡看花，看樹，看霧氣圍著它們繚繞，看那些白嘴鴉飛上飛下。她站著，觀賞著，直到她聽到彼得・沃爾什講話：「在觀賞植物嗎？」——是這樣一句話吧？還說：「人比花椰菜使我更喜歡。」——講的是這個吧？一天早上，吃早飯時，當她已經走上曬台，他——彼得・沃爾什，肯定講過這樣的話……[71]

這樣對人的意識（無意識）零碎、自由、隨意地描寫，不單是意識流在小說技法創新上的文學貢獻，而是表現「變化多端、不可名狀、難以界說的內在精神」（吳爾芙《論現代小說》）。這個「內在精神」，其實正是小說「內真實」的靈魂核心。然而，不能不說的，是意識流小說在那個充滿創新和旗幟林立的二十世紀文學過去之後，在意識流的光輝被歲月掀過新的篇章之後，這個比卡夫卡的內真實更具體、更實在、更可讓讀者對「內在精神」可觸可感之後，使我們覺到了它因撕裂和零碎，而失去了吳爾芙反對的「物質主義者」的宏大和共同的經驗。這一點，從吳爾芙本人稱托爾斯泰為真正的大師時說：「《戰爭與和平》描寫了人類一切經驗的共同感受；而她和喬伊斯的作品僅僅是『零星的札記』而已。」[72]就大可看出她對「內在精神」偏限的清醒。

但是，在今天，無論是《變形記》或者《城堡》、還是意識流的經典《尤里西斯》、《追憶似水年華》和《戴洛維夫人》，都向我們證明了內真實的文學意義。並因為內真實的出現，則更鮮明地標誌了傳統小說中外真實的界標。

內因果

因為小說有了內真實的存在——不管是寓意、象徵的內真實，還是具體、實在、細碎的內真實，我們作為讀者，都可以感到二十世紀現代寫作與十九世紀傳統寫作，除了思想、觀念、技法的巨大差別外，還有作家面對現實的人和世界時，小說故事中本質的區別，是個人的內真實與社會外真實在敘述中完全不同的寫作理念和寫作呈現。當內真實在現代小說中出現之後，「內因果」在許多作家的筆下孕育並產生——哪怕這種內因果在那些奇異的小說中是一種表現人物和故事的無意識，甚或只是作家寫作時讓作品更加花稍、使讀者眼花撩亂的一個幽默噱頭，但它在那類通常帶有誇張的寫作中，成為了一種普遍的事實存在。

這裡說的內因果，是指不同於全因果、半因果和零因果的小說的新邏輯關係。內因果是小說在故事與人物的進程中，依靠內真實推動人物與情節變化的原因與結果，它既不是外部世界（社會、環境及他人）的因素，也不是零因果中模糊的象徵與寓意，更不是半因果中那些奇異的在零因果和全因果之間遊走滑動的因果條件，而是依據不在現實生活中必然發生或可能的發生，但卻在精神與靈魂上必然存在的內真實——心靈中的精神、靈魂上的百分百地存在——來發生、推動、延展故事與人物的變化和完成。內真實是內因果小說故事的發動機和推進器，是人物的靈魂和人物變化、言行的唯一的根源。由內真實構成的故事之因果，就稱其為小說的內因果。它和「一天早晨，格里高爾・薩姆沙從睡夢中醒來，發現自己躺在床上變成了一隻巨大的甲蟲」一樣，是一部小說真正的源頭和核心，由這個核心和源頭開始，故事才可以延伸和變化，人物才可以開口言說和行動。

在內因果中，內真實是故事真正最大的根源。故事是內真實的唯一結果。內真實是小說最本初、本源的根本條件，沒有這個內真實的根本條件，也就沒有小說內因果的存在。之所以——是因為有內真實的堅實基礎。由此開始的文學，才是內因果的另一類全新的審美寫作。尤索林[73]和他同在醫院養病的那些軍人們，他們每一個人的言行，都誇張、荒謬，充滿著對戰爭的諷刺。每個人物的行為都超出了日常生活經驗的真實之界，而其在「合理」的因果關係上，依據的是人類共同存有的對戰爭的厭煩、恐懼和逃避的內真實心理。有了這個內真實的集體心理，尤索林和那些軍人無論在戰場、集市、妓院、病房等任何地方的荒唐舉止，都會被讀者所接受。「垮掉的一代」和「黑色幽默」整個的寫作，都得力於他們對集體、社會、人類心理上共有的內真實的開拓和支持。沒有內真實為基礎的存在，那些小說將如地基不牢的磚瓦樓廈，隨便由哪些讀者唾液的浸泡和批評家的拳腳踢打，那樓廈都會頃刻間房倒屋塌。

《動物農莊》遠比《一九八四》更有文學價值，這並不是說前者一定就偉大於後者，而是說，《動物農莊》中關於權力和欺詐的人類共有的內真實更有一種永久的普遍意義。還有與此相類似的許多帶有狂歡、誇張、反諷的那些小說家與他們的作品，如米勒的《北回歸線》、凱魯亞克的《在路上》、金斯堡的《嚎叫》等，無不在外真實上緣於三分因為、七分所以而失真，卻又在內真實上獲得真實的平衡而巨大成功。

內真實是二十世紀兩次世界大戰和科技革命與社會革命給人類帶來的一股強勁的人心寒流，它區別於十九世紀文學，支撐了二十世紀文學的各種流派與旗幟。其本身的差別在於，有的作家在展示內真實時是奮力在人的個體上（如意識流寫作），有的作家在展示內真實時是奮力在集體、種族或人類共同體驗到的心理經驗上（如米勒的寫作）。但把內真實在轉化為小說的內因果時，這個內因果在他們的故事中，則為局部的、條件的和寫作技巧的，並未如零因果和半因果那樣真正地統治故事的寫作，成為偉大的文學觀和世界觀而轉化為一場世界文學革命的動因呈現在文學的現場。也正因為如此，內因果寫作，在二十世紀文學中受孕之後，給後來的寫作終於留下了新的空間與可能。內因果——靈魂的真實與精神的現實在小說中對客觀生活經驗的推動和改變，也許正在中國當代文學中孕育著一種新的文學樣式——「神實主義」寫作。

內因果的可能性

對內因果寫作經典的尋找——如同去尋找亦如零因果之於卡夫卡、半因果之於馬奎斯、全因果之於托爾斯泰、杜思妥也夫斯基、巴爾扎克和福樓拜等那樣偉大的作家和他們成功的典範作品還有所困難的話，興許，那也正是上帝留給文學生存與發展的新的空間。我們從米勒那兒看到了故事中鮮明的、獨有的內真實，但那個內真實最終隨著尤索林的腳步，走向了半因果和全因果；從吳爾芙那兒感受到了雖然零散、雜亂卻更為具體的內真實，然而，這個不一樣的內真實卻是一面在故事中向既有的因果邏輯消解、抵抗與掙扎，逃離事物的因果，猶如要逃離一場傳統之薪的巨大火災；另一面，當小說最終從故事中無法真正逃離時，又不得不向全因果忸怩地靠攏和妥協。

終於，內因果邏輯在他們的小說中如同湖面的氣泡，從不經意中顯露出來，旋即又很快在既有的因果中消失。那個——在情節與人物的進程中依靠內真實推動人物與情節變化的內因果小說——使我們無法從經典的文學作品中例舉出來。這樣一個有示範意義的偉大故事，要麼只是一個酷愛文學的人的一次帶有神經質的幻想，亦如患有精神病的人在陰雨連綿的雨天，從他的頭腦升起的一輪金色的太陽，碩大、光芒，但卻是不真實的存在。要麼，這樣的作品已經存在，只是因為我的無知，總是錯失閱讀之機，如同錯失與情人的約會。還要麼，那樣有全新審美意義的作品，正隱躲在世界上某種語言的角落，那些以操持各種語言為己任的眾多作家們，都正在捉迷藏般努力地尋找和捕捉。

在我有限的閱讀中，那個總是讓我記不住名字的巴西作家，有一篇幾千字的精短小說《河的第三條岸》[74]，十年前我在無意中閱讀之後，這篇小說就再也無法從我的腦際抹去，彷彿一個被困在孤島上的人，聽到了來自茫茫大海的一聲輕微模糊的搭救聲。一邊懷疑那是細微自然的海音，不會成為把我從孤島帶向海岸的救船，一邊又在絕望中忘不掉那似是而非、遙遠而模糊的聲音。每每在我想到內因果那三個會被同仁視為空談、概念的字眼時，那篇小說就會如悠悠之流，浸浸涓涓地從我的記憶裡中汩汩淌來。

——《河的第三條岸》：

父親是一個盡職、本分、坦白的人。據我認識的幾個可以信賴的人說，他從小就這樣。在我的印象中，他並不比誰更愉快或更煩惱。也許只是更沉默寡言一些。是母親，而不是父親，在掌管著我們家，她天天都責備我們——姊姊、哥哥和我。

但有一天，發生了一件事：父親竟自己去訂購了一條船。

他對船要求很嚴格：小船要用含羞草木特製，牢固得可在水上漂二三十年，大小要恰好供一個人使用。母親嘮叨不停，牢騷滿腹，丈夫突然間是想去做漁夫或獵人嗎？父親什麼也沒說。離開我們家不到一英里，有一條大河流經，水流平靜，又寬又深，一眼望不到對岸。

我總忘不了小船送來的那天。父親並沒有顯出高興或別的什麼神情，他只是像往常一樣戴上帽子，對我們說了聲再見，沒帶食物，也沒拿別的什麼東西。我原以為母親會大吵大鬧，但她沒有。臉色蒼白，緊咬著嘴唇，從頭到尾她只說過一句話：「如果你出去，就待在外面，永遠別回來。」

父親沒有吭聲，他溫柔地看著我，示意我跟他一起出去。我怕母親發怒，但又實在想跟著父親。我們一起向河邊走去了。我強烈地感到無畏和興奮。「爸爸，你會帶我上船嗎？」

他只是看著我，為我祝福，然後做了個手勢，要我回去。我假裝照他的意思做了，但當他轉過身去，我伏在灌木叢後，偷偷地觀察他。父親上了船，划遠了。船的影子像一條鱷魚，靜靜地從水上划過。

父親沒有回來，其實他哪兒也沒去。他就在那條河裡划來划去，漂去漂來。每個人都嚇壞了。從未發生過，也不可能發生的事現在卻發生了。親戚、朋友和鄰居議論紛紛。

母親覺得羞辱，她幾乎什麼都不講，盡力保持著鎮靜。結果幾乎每個人都認為（雖然沒有人說出來）我父親瘋了。也有人猜想父親是在兌現曾向上帝或者聖徒許過的諾言，或者，他可能得一種可怕的疾病，也許是痲瘋病，為了家庭才出走，同時又渴望離家人近一些。

河上經過的行人和住在兩岸附近的居民說，無論白天黑夜都沒見父親踏上陸地一步。他像一條棄船，孤獨地、漫無目的地在河上漂浮。母親和別的親戚們一致以為他藏在船上的食物很快就會吃光，那時他就會離開大河，到別的地方去（這樣至少可以少丟一點臉），或者會感到後悔而回到家中。

他們可是大錯特錯了！父親有一個祕密的補給來源：我。我每天偷了食物帶給他。他離開家的頭一夜，全家人在河灘上燒起篝火，對天祈禱，朝他呼喊。我感覺到深深的痛苦，想為他多做點什麼。第二天，我帶著一塊玉米餅、一串香蕉和一些紅糖來到河邊，焦躁不安地等了很久，很久。終於，我看見了那條小船，遠遠的，孤獨的，幾乎察覺不到地漂浮著。父親坐在船板上。他看見了我，卻不向我划過來，也沒做任何手勢。我把食物遠遠地拿給他看，然後放在堤岸的一個小石穴裡（動物找不到，雨水和露水也濕不了），從此以後，我天天這樣。後來我驚異地發現，母親知道我所做的一切，而且總是把食物放在我輕易就能偷到的地方。她懷有許多不曾流露的情感。

母親叫來她的兄弟，幫助做農活和買賣。還請來學校的教師給我們上課，因為我們已經耽誤了很多時光了。有一天，應母親的請求，一個牧師穿上法衣來到河灘，想驅走附在父親身上的魔鬼。他對父親大喊大叫，說他有責任停止這種不敬神的頑固行為。還有一次，母親叫來兩個士兵，想嚇嚇父親，但一切都沒有用。父親從遠處漂流而過，有時遠得幾乎看不見。他從不答理任何人，也沒有人能靠近他。當新聞記者突然發起襲擊，想給他拍照時，父親就把小船划進沼澤地裡去，他對地形瞭如指掌，而別人進去就迷路。在他這個方圓好幾英里的迷宮裡，上下左右都是濃密的樹叢，他不會被人發現。

我們不得不去習慣父親在河上漂浮這個念頭。但事實上卻不能，我們從來沒有習慣過。我覺得我是唯一多少懂得父親想要什麼和不想要什麼的人。我完全不能理解的是他怎麼能夠忍受那種困苦：白天黑夜，風中雨裡，酷暑嚴寒，卻只有一頂舊帽和單薄的衣衫，日復一日，年復一年，生命在廢棄和空寂中流逝，他卻一點都不在意。從不踏上泥土、草地、小島或河岸一步。毫無疑問，他有時也把船繫在一個隱蔽的地方，也許小島的頂端，稍微睡一會。從沒生過火，甚至沒有劃燃過一根火柴，他沒有一絲光亮。僅僅拿走我放在石穴裡的一點點食物——對我來說，那是不足維生的。他的身體怎麼樣？不停地搖槳要消耗他多少精力？每到河水氾濫時，裹在激流中那許多危險的東西——樹枝、動物屍體等等——會不會突然撞壞他的小船？他又怎麼能倖免於難？

他從不跟人說話。我們也從不談論他，只在腦子裡默默地想。我們從不能不想他。如果有片刻似乎沒想他，那也只是暫息，而且馬上又會意識到他可怕的處境而從中驚醒。

姊姊結婚了，母親不想舉辦結婚宴會——那會是一件悲哀的事，因為我們每吃到精美可口的東西，就會想起父親來。就像在風雨交加的寒夜，我們睡在溫暖舒適的床上就會想起父親還在河上，孤零零的，沒有庇護，只有一雙手和一只瓢在盡力舀出小船裡的積水。時不時有人說我越長越像我的父親。但是我知道現在父親的頭髮鬍鬚肯定又長又亂，手指甲也一定很長了。我在腦海裡描出他的模樣來：瘦削，虛弱，黝黑，一頭蓬亂的頭髮，幾乎是赤身裸體——儘管我偶爾也留下幾件衣服。看起來他一點也不關心我們，但我還是愛他，尊敬他，無論什麼時候，有人因我做了一些好事而誇我，我總是說：「是爸爸教我這樣做的。」

這不是確切的事實，但這是那種真誠的謊言。我說過，父親似乎一點也不關心我們。但他為什麼留在附近？為什麼他既不順流而下，也不逆流而上，到他看不見我們，我們也看不見他的地方去？只有他知道。

姊姊生了一個男孩。她堅持要讓父親看看外孫。那天天氣好極了，我們全家來到河邊。姊姊穿著白色的新婚紗裙，高高地舉起嬰兒，姊夫為他們撐著傘。我們呼喊，等待。但父親始終沒有出現。姊姊哭了，我們都哭了，大家彼此攙扶著。

姊姊和丈夫一起遠遠地搬走了，哥哥也到城裡去了。時代在不知不覺中變了。母親最後也走了，她老了，和女兒一起生活去了。只剩下我一個人留了下來。我從未考慮過結婚。我留下來獨自面對一生中的困境。父親，孤獨地在河上漂游的父親需要我。我知道他需要我，儘管他從未告訴過我為什麼要這樣做。我固執地問過別人，他們都告訴我：聽說父親曾向造船的人解釋過。但是現在這個人已經死了，再沒有人知道或記得一點什麼。每當大雨持續不斷時，就會冒出一些閒言來：說是父親像諾亞一樣聰慧，預見到一場新的大洪水，所以造了這條船。我隱隱約約地聽見別人這樣說，不管怎麼樣，我都不會因這件事責備父親。

我的頭髮漸漸地灰白了。

只有一件事讓我很難過：我有什麼不對？我到底有什麼罪過？父親的出走，卻把我也扯了進去。大河，總是不間斷地更新自己。大河總是這樣。我漸漸因年老而心瘁力竭，生命躊躇不前。同時受到疾病和焦慮的襲擊，患了風濕病。他呢？為什麼，為什麼要這樣？他肯定遭受了更可怕的傷痛，他太老了，終有一天，他會精疲力竭，只好讓小船翻掉，或者聽任河水把小船沖走，直到船內積水過多而沉入滾滾不停的潛流之中。這件事沉沉地壓在我心上，他在河上漂泊，我被永遠地剝奪了寧靜。我因不知道到底發生了什麼而感到罪過，痛苦是我心裡裂開的一道傷口。也許我會知道——如果事情不同。我開始猜想什麼地方出了差錯。

別想了！難道我瘋了？不，在我們家裡，這麼多年來從沒提到這個詞。沒有人說別人瘋了，因為沒有人瘋，或者每個人都可能瘋了。我所做的一切就是跑到岸邊，揮舞手帕，也許這樣他會更容易看見我。我完全是強迫自己這樣的，我等待著，等待著。終於，他在遠處出現了，那兒，就在那兒，一個模糊的身影坐在船的後部，我朝他喊了好幾次。我莊重地指天發誓，盡可能大聲喊出我急切想說的話：「爸爸，你在河上浮游得太久了，你老了……回來吧，你不是非這樣繼續下去不可……回來吧，我會代替你。就在現在，如果你願意的話。無論何時，我會踏上你的船，頂上你的位置。」

說話的時候，我的心跳更厲害了。

他聽見了，站了起來，揮動船槳向我划過來。他接受了我的提議。我突然渾身顫慄起來。因為他舉起他的手臂向我揮舞——這麼多年來這是第一次。我不能……我害怕極了，毛髮直豎，發瘋地跑開了，逃掉了。因為他像是另外一個世界來的人。我一邊跑一邊祈求寬恕，祈求，祈求。

極度恐懼帶來一種冰冷的感覺，我病倒了。從此以後，沒有人再看見過他，聽說過他。從此我還是一個男人嗎？我不該這樣，我本該沉默。但明白這一點又太遲了。我不得不在內心廣漠無際的荒原中生活下去。我恐怕活不長了。當我死的時候，我要別人把我裝在一隻小船裡，順流而下，在河上迷失，沉入河底……河……[75]

近於抄襲地把一篇三千多字的小說全文引用在這兒，這違背了所有論者的規矩和習慣。但我們在完整地閱讀了這篇小說之後，對內因果論述大約就有的放矢了——儘管《河的第三條岸》還不是我期盼的嚴格意義的內因果寫作。可畢竟，有了這樣一篇小說，讓我們對內因果有了如下明晰的感受：

⑴內因果中的內真實，是控制或發動一個故事運行的發動機和加油器。它左右著故事的走向如同飛機起飛前設定好的路線圖。在這篇小說中，「父親竟自己去訂購了一條船」。有一天，終於他乘著小船離家遠去，直到那個孩子「我」數十年後變得滿頭白髮都沒有上岸，卻又總是在離家不遠的大河上漂來划去。這篇催人淚下的小說，其最簡淺的內真實或內真實的元素就是所有有過婚姻與子女的人，對婚姻與家庭疲憊後的逃離與責任、親情的矛盾和糾結。有過這樣經驗和體味的讀者，決然不會去懷疑這個故事的真偽。這說明內真實寫作只要在寫作中找到或抓住那個現實中沒有、而人們精神與靈魂中必然存在的內真實——內精神，也就找到或抓到了那個內因果的合理邏輯，關於小說的真實性，已經不再是值得考慮的問題了。

⑵內因果必然帶有一種寓言性和神祕性——如《河的第三條岸》。但它決然不是

寓言小說或寓言故事。之所以被寓言，是因為那個內真實是只有作家最先體會並表達出來的，而讀者不可能在生活中找到曾經的發生與經驗。亦如古老的寓言只能從流傳中走來，而很少會從現實中再次發生般。但內因果寫作的目的不是為了神祕、寓言和含蓄在故事中寄情和寓理，而是另闢蹊徑地踏入現實和生活之真實，別開生面地寫出一種新的現實與真實，是內因果的根本與可能。捨此，內因果就失去意義而被寓言和神祕這兩隻看不見的手堵住呼息而死亡。

(3)內因果不僅可以如《二十二條軍規》那樣誇張和反諷，也可以如《戴洛維夫人》那樣平靜和從容，還可如《河的第三條岸》那樣莊重和傷情。它不是一種風格和個性，而是認識世界的一種方法，走進現實的一種新徑。是一個作家的文學觀與世界觀。內因果不成為一個作家的世界觀，也就只能是作家的個性與技巧。但倘若它成了一個寫作者的世界觀，文學就可能多出一架結構完全不同、結果也完全不同的由虛構通向現實的望遠鏡，眺過被零因果留下的疑惑，看到被半因果似是而非模糊去的真實，從而使讀者走入被全因果遮蔽的現實內部的深層。那個叫若昂·吉馬朗埃斯·羅薩的異國同仁，大約不會因為他寫了《河的第三條岸》和《廣闊腹地：條條小路》這少量而又不廣為人知的小說而被人冠以偉大的頭銜，但他在人類共有的親情矛盾體驗中，用三千多字詩意、簡明、樸素的敘述，在完全不可能的故事裡，讓我們體會了共有的完全真實的情感和憂傷，這就為內因果在完全不可能中抵達百分百的真實留下了可能的筆墨和空隙，讓我們有了「不可能↓可能↓百分百真實」的內因果寫作路徑，在虛構中有了更多抵達真實的選擇與途徑。

(4)如同《河的第三條岸》的真實之岸是人類在心靈上對婚姻、家庭的逃離和對人倫親情的無可逃離的情感矛盾——這第三條岸在小說中的築堤建立，無法離開全因果和全因果的留白敘述樣，內因果小說也將無法離開全因果，半因果乃至零因果在敘述中的補充與支持。沒有其他的因果存在，內因果才真正是一紙文學的空談，如同末代皇帝為了證明他的權威而對早已背叛他的臣民百姓下發的一份無聊的詔書。然而，在內因果中如何捨取全因果、半因果和零因果，將又決定內因果的獨立與偉岸，不然它就會被全因果、半因果和零因果合而圍之，最終重新落入寓言、荒誕和神祕、魔幻的套穴，而如一個矮人因自己的矮小而在人群中被人們疏忽而消失。說到底，內因果必須由內真實統治因果和現實，而不是被現實左右因果和被其他因果左右內因果。這一點在因果的主次與統治上，《變形記》、《城堡》和《百年孤寂》，都是偉大作家留下的偉大典例，它們證明了在內因果寫作中，內真實是內因果的皇權和御璽，是內因果在故事中暢行的法寶，是內因果統治地位的奠基。而內因果對其他因果關係的統治和權威，則如一盤象棋中「車」與「卒」的關係，一條新道中主路與輔路之關係。

內因果餘話

文學史已經再三證明，在世界範圍內，沒有一個作家是偉大、理性並條理清晰的批評家；也鮮有一個偉大的理論家是一個偉大的小說家，這如同無論多麼優秀的航空員都沒有能力讓飛機在火車的軌道上起飛一樣，一個多麼神奇的汽車司機，也不能把汽車開向天空——儘管他們都是駕駛運行器的人。沙特作為哲學家的小說家存在時，我們感到他是偉大、成功、獨有的哲學家，儘管他獲得了諾貝爾文學獎，我們也不能說他是一個偉大的小說家。而卡繆作為作家的哲學家存在時，他的哲學成就無法和沙特相提並論，可他的小說，卻比沙特的小說更有文學意義和審美之價值。如同哲學只可以深刻、豐富小說而無法指導寫作一樣，理論其實並不能指導一個作家的寫作。理論只可以對作家說：可以嘗試朝著那個方向走，那邊可能會有一條新文學的路；但絕不能堅定無疑地面向作家道：朝東去，翻過山你就可以把太陽摘下來。一如笛福在寫作《魯濱遜漂流記》

時他根本不知道什麼叫現實主義，文學理論家們還沒來得及把現實主義這個詞彙送到世界上；卡夫卡在寫作《變形記》時也不會想到表現主義、現代寫作和荒誕派，馬奎斯在寫作《百年孤寂》時雖然知道了「神奇的現實」，但卻根本沒有想到他正在完成一部完美的魔幻現實主義的偉大之傑作，所以他才說《沒人寫信給上校》的藝術成就超過了《百年孤寂》。種種景況，大凡如此，都在證明一個被一再證明的規律：偉大的批評家都是非常知道作家怎樣可以把作品寫好的；而好的作家是永遠不知道怎樣才能把作品寫好、寫新、寫出偉大的境界來。似知非知、似懂非懂、可探尋又提心吊膽，大約是一個作家寫作的最好狀態。當我們談到內真實↓內因果↓神實主義時，也許那條文學之路果真明白無誤——那就是說，其實那條路對作家並不一定真的走得通。原因就是那條文學之路太清晰明白了。

沒有一種文學理論可以指導作家寫出偉大的作品來。作家只有在模糊中冒著失敗之險和付出巨大的代價才有可能有所收穫和意外的收穫。

世界上每一部偉大的作品，都必須是作家寫作的意外之果。如果作家在寫作之前就知道他是在寫一部偉大之書時，那無疑是在走向富麗堂皇的陷阱，燈光閃爍的地獄。內因果決然不是一個指導寫作的羅盤，而是一種模糊的可能；也不是一種文學的設想，而是看不清結果——也許光明、也許黑暗的一個隱約之向。懷著有些莽撞的勇氣，朝著那個方向模糊地走去，不一定可以踏入文學的紫禁城，但有可能走入中國今天最荒謬、最複雜、也最豐富、深刻的真實和現實之中。

作品對讀者是一種審美，對作家是一種命運，對現實是一種渠道。而基於內真實的內因果，對此三者如果不是新的可能性，那就一定是那條道路上迎面樹立的堅實之牆壁，一個作家即便迎頭走上並撞擊，給所有的讀者留下可供譏笑的愚呆傻行的笑柄，那麼，從他額頭上流出的鮮血，也終歸可以最後痂結出一束乾花似的美麗物形來。

第六章 神實主義

神實主義的簡單釋說

我在犯著一個巨大的忌諱：總是以為中國當代文學中已經存有與現實主義和二十世紀西方文學都盡不相同的寫作，至少說是那樣一種傾向的苗禾已經存在，且正在成熟，但因為批評家的懶惰，沒有耐心去對那種寫作進行細節分析，從而，那種獨特的傾向與端倪，總是處於被忽略和籠統歸類的一盤散沙之中。這種被忽略或被歸隊到他流旗下的文學，就是當代文學中的——神實主義。

神實主義，大約應該有個簡單的說法。即：在創作中摒棄固有真實生活的表面邏輯關係，去探求一種「不存在」的真實，看不見的真實，被真實掩蓋的真實。神實主義疏遠於通行的現實主義。它與現實的聯繫不是生活的直接因果，而更多的是仰仗於人的靈魂、精神（現實的精神和事物內部關係與人的聯繫）和創作者在現實基礎上的特殊臆思。有一說一，不是它抵達真實和現實的橋梁。在日常生活與社會現實土壤上的想像、寓言、神話、傳說、夢境、幻想、魔變、移植等等，都是神實主義通向真實和現實的手法與渠道。

神實主義絕不排斥現實主義，但它努力創造現實和超越現實主義。

神實主義既汲取二十世紀世界文學的現代創作經驗，而又努力獨立於二十世紀文學的種種主義之外，立足於本民族的文化土壤生根和成長。它在故事上與其他各種寫作方式的區別，就在於它尋求內真實，仰仗內因果，以此抵達人、社會和世界的內部去書寫真實、創造真實。

創造真實，是神實主義的鮮明特色。

神實主義產生的現實土壤與矛盾

與現實而言，文學最終是它的附屬之物——什麼樣的現實，決定什麼樣的文學。與文學而言，現實最終是它的原材料，當生活成為文學之後，它就不再是生活，而是文學。把生活寫成生活，一如一個工廠把原材料加工成了沒有變化的原材料，彷佛把田野凌亂的柴草，搬移到整齊的庫房堆碼起來。可那整齊的碼放，也最終還是一堆柴草而已。因為這樣，才要柴草在作家的心裡燃燒，能量轉化，生成別的奇異之物——文學。生活就是那一堆、一片田野上的柴草，有人從中看到了春夏秋冬、歲月枯榮和生命的流逝；有人從中看到家長里短，煩惱人生；還有人從中看到了詩和宇宙星辰。可也有人，只是從中看到了凌亂和無聊。今天中國的現實樣貌，已經到了不單是一片柴草、莊稼和樓瓦的時候，它的複雜性、荒誕性前所未有。其豐富性，也前所未有。中國今天的現實，與文學而言，就是一片巨大的泥漿湖中淹沒著無數的黃金和毒汞。有作家從那湖中摸到了黃金；有作家只在岸邊嗅到了發著奇味異臭的氣息；而有的作家，筆下只有毒汞的液體。以文學的口舌，議論今天的中國和中國人，簡單地說「人心不古」，根本無法理解今天「人」在現實面前的遭際境遇。「道德淪喪」、「價值觀混亂」、「之所以人還為人的底線」，這些帶有對今天社會生活和人生準則抱怨的文化嘆息，只證明文學對這個社會把握的無能為力，證明我們在文學上抱殘守缺的搖搖欲墜，並不說明我們對這個社會和人的認識之新鮮深刻。誰都知道，今天現實生活的豐富與複雜，怪誕與奇異，遠遠大於當代文學作品中的複雜與荒誕。誰都在抱怨，我們沒有無愧於時代的大作品和偉大的作家，可我們忽略了一個問題，就是長期以來，我們的文學注重於描摹現實，而不注重於探求現實。現實主義在當代文學中被簡單理解為生活的畫筆，作家的才華是那畫筆的顏料。描摹現實的作品肩扛大旗，一路凱歌；而探求現實的作品，則被不斷的疑問、爭論所棒打與喝斥。因為我們的現實主義以描摹現實為己任，表達對人與社會的頌揚和在頌揚中簡淺的憂傷。美與溫暖——則被過分放大的頌辭吹向了天空。所以，我們很少有那些對人和社會敢於真正叩問和懷疑的作品。一面感嘆我們沒有如托爾斯泰那樣描寫偉大時代變革的作品，一面又為那些淺簡描摹社會現象的作品樹碑立傳；一面抱怨我們沒有如杜思妥也夫斯基那樣叩問靈魂的作家，一面又在為與靈魂無關的作品大唱頌歌、鳴鑼開道、評獎發獎。

當代作家，在寫作中走向人和中國經驗的深層真實時，第一要面對的是我們現實主義寫作中控構真實對深層真實的隔離和控制；第二要面對的是世相真實的經典對生命真實和靈魂真實無言的誘惑與勸導——這在通向生命真實的途道上，遠比控構真實對作家寫作意志的消解、融化來得溫順和洶湧。因為溫順，更能誘惑和腐蝕；因為洶湧，更能帶走和衝垮作家探求深層真實的理想和意念。第三，必須要面對我們今天開放與封閉並舉共存的最特殊的現實和最特殊的寫作環境。

在我們的寫作環境中，每個作家在寫作中所面臨的是經濟開放後金錢誘惑的包圍和特權的誘降與新意識形態的約束。這是中國當代文學無法、也不願走向現實主義深層真實的特色阻攔。這種新意識形態約束，不是改革開放前政策的「不准」、「不能」和「不允許」，而是今天經濟急劇發展後政治和金錢共同作用，促使並作用於作家本能的、無意識的「不願」。它使作家自願放棄心靈對某種真實的探求，不去主動讓靈魂抵達社會現實的最內部，抵達人的最真實的內心。久而久之的寫作習性，每個作家的內心，無論你承認與否，其實都有了一道自我與深層現實隔離的屏障，在寫作中點點滴滴地養成了自我的寫作管理和本能的寫作審查。一邊是豐富、複雜的社會現實和人心世界，另一邊是阻攔作家抵達這種豐富、複雜的社會屏障和作家寫作的本能約束。我相信，每個作家都在這種矛盾和猶豫中寫作。都明白，當代文學創作中描摹現實的現實主義無法抵達我們渴望的現實主義的深度和廣度。現實主義只停留在一部分可以感知的世界上，而那些無法感知的存在的荒謬與奇異，現實主義則無法深求與探知。而作家努力衝破這種束縛屏障的掙扎，已經成為當代文學中最大的疲勞和不安。

以余華的《兄弟》為例，他說他是描寫這個國家的疼痛，這也說明，他對當代現實主義文學創作的某種理解和不滿與對「新現實主義」的大膽嘗試。而我們所有的讀者與批評家對這部小說的閱讀與理解，卻都是立足於舊有現實主義的窗口和門洞。正因為這樣，小說中溢出現實生活真實與邏輯之外的章節與情節，就成了大家所不齒、唾棄、嘲笑、爭論的最大根源。比如《兄弟》上部中對故事開篇大段的有關廁所窺視的描寫；比如下部中關於「處女秀」故事的推進和展開，這讓幾乎所有的讀者和批評家都咧嘴一笑和甩蛋吐痰。一個字，就是「髒」。如果以「骯髒」和「潔淨」來論述作品的成敗時，《在路上》、《北回歸線》、《羅麗塔》、《查特萊夫人的情人》和《萬有引力之虹》都沒有那麼乾淨。對《兄弟》的理解和爭論，真正的根源，不是髒與淨的審美糾結，而是余華在這部小說中的寫作，有的情節溢出了讀者對現實主義創作的理解和規範；而作品本身，又沒有真正超越現實主義的意圖與努力。當我們從《兄弟》中去尋找某種和生活對應的真實時，發現了「廁所偷窺」和「處女秀」的選拔比賽，超越了現實生活被大家認同的某種真實的邏輯。於是，爭論和不齒不絕於耳便不足為奇了。還有賈平凹《秦腔》中的「自宮」，蘇童《河岸》中的「人頭漂流」，這些都讓讀者感到現實主義的眼睛中被揉進了「超現實」、「非真實」的沙粒。然而，我們換個角度去看這些情節，從神實主義的門洞去觀照現實主義的文學，這些情節因為超越了現實主義的舊有規範，也正有了現實生活中的某種「神實主義」的意味，是神實主義雛形的開始。今天，現實生活中遍布著色情文化和情色現實，也許《兄弟》中的「處女秀」表演不是最好的文學演繹，但確實有生活的「神實」之表現，是文學中神實主義在現實主義小說中的實踐與嘗試。「處女秀」超越了現實，進而走進了「神實」，抵達到了被真實掩蓋的真實，擁有了臆思的真實和看不見的真實。從神實主義寫作去看待這些備受爭議的情節與細節，會發現「人頭漂流」、「廁所偷窺」、「男人自宮」和「處女秀」這樣的情節，恰恰豐富了現實主義的創作，是當代文學中的現實主義有了抵達至「新真實」之複雜性、荒誕性的可能和途徑。

而問題是，當我們在現實主義創作中融入神實主義寫作時，是水乳交融，還是油水相離。為什麼這些帶有神實主義的「新真實」走入故事和人物時，總是要伴隨著強烈的感官刺激和生理反應？這——大約才是當代文學創作中對漫溢出現實主義習規的神實主義寫作不可忽略的一個陷阱。一如馬奎斯在寫到豬、牛、羊和白兔無限繁殖時，有一個條件，就是奧雷良諾第二必須和他的情人佩特拉·科特瘋狂做愛，或者讓他的情人騎在馬上到養殖場兜上一圈。這，在通篇都是半因果的《百年孤寂》中，是一種神奇的真實，但若是在通篇都是描摹生活的現實主義寫作中，只能是一種突兀和噱頭的怪異，只能被讀者詬病為趣味的優劣。

當然，《兄弟》不是一部神實主義的作品。作家本人也更願意認同它是一部現實主義小說。而事實上，它也確屬現實主義的一脈創作。而這裡以《兄弟》為例，只是表明作家在把握今天前所未有的荒誕現實時，感到了當下現實主義創作的相對封閉性和現實生活的無限開放性所構成的矛盾。這種矛盾使作家在面對現實和創作時感到困惑和疲勞，甚或有些力不從心，捉襟見肘。而當代文學三十年來對西方現代派各種主義、技巧、標識的借鑑，也都證明了某些時候，西方的文學主義和中國本土經驗的水土不服，意識到了任何時代文學新主義的產生，都無法脫離那個時代的現實和其本民族的文化土壤。

也許，正是這種中國現實前所未有的豐富、複雜、怪誕與當下現實主義寫作舊有習規的矛盾，以及對西方現代主義學習借鑑後的明悟，在催生著一種可謂「神實主義」的當下的小說創作。

神實主義小說的當代創作

把當下創作延推至三十年前，八〇年代初有兩篇小說非常值得回味。一篇是諶容的《減去十歲》，一篇是吳若增的《翡翠烟嘴》。前者寫「文化大革命」十年，每個人都浪費了十年生命。於是，機關裡有人傳說，中央有文件規定凡經過十年「文化大革命」的，檔案年齡可以每人減去十歲。這樣該要退休的可以不退，準備提拔又因年齡偏大使組織上猶豫不決的，就成了必須提拔的年輕幹部。凡此種種，不一而足，上上下下都為可能「減去十歲」而歡呼雀躍。後者《翡翠烟嘴》寫一鄉下老農，為擁有一珍貴的翡翠烟嘴而對生活和人生都充滿希望，甚至全村人都為村裡有這個翡翠而驕傲。後來，故事七折八顛，從城裡來了個古董專家，一眼就認出了這個翡翠烟嘴是假的，是贋品。但這個專家不僅沒有道破真情，而且還添油加醋，說這個烟嘴要多好有多好，說多麼珍貴就有多麼珍貴；價值連城，是無價之寶。務請不要再示人展看。於是，這個假的翡翠就成了烟嘴的主人和這全村人生活與生命的精神支柱，他們果真把烟嘴深藏起來，再也不展示於人。

這兩篇小說，在當年都有相當影響，《減去十歲》還拿了全國小說獎，但終因和主流文學——比如諶容自己的《人到中年》相比較，都屬於旁枝綠葉，大河之小溪。終於被人們淡忘並不再被人所提及。這兒之所以提起這兩篇小說，是因為它們在新時期文學中，是最早明顯含有神實主義創作因子的短篇佳作。尤其是諶容的《減去十歲》，它寫的是「空穴來風」中的中央文件規定要給經過十年「文化大革命」的人，每人減去十歲。這是一種不可能的真實，是一種不存在的真實，被真實掩蓋的真實。是一種被現實主義真實掩蓋了的神實主義的真實。在小說的內部，這種內真實在支配著小說新的因果關係，即：內因果。可惜的是，在這兩篇小說問世之後不久，我們的文學流派紛呈雜陳，各有旗幟。「尋根文學」中充滿著民間文化的氣息，如王安憶的《小鮑莊》，你難說故事中哪個情節和細節多麼的神實主義，但那部小說所營造的氛圍，卻充斥著神實主義小說的神祕、民間、巫文化等等那樣的因子。還有韓少功的《爸爸爸》，賈平凹的《美穴地》，以及後來李銳的《厚土》系列，都有著神實主義的描寫和細節。但其小說的主體，又都是現實主義的，故事與人物中的因果關係，只是偶爾有些情節和細節，超出了全因果，有了半因果和內因果的模糊存在，從而給人感到神實主義氣息如晚風晨霧在小說中隱隱現現。而以蘇童、余華、格非為主筆的新探索小說，則明顯以汲取西方二十世紀文學經驗來抵抗中國文學長期受制於文學為政治服務、做政治的文學祕書的同時，使這時模糊、朦朧、不自覺的神實主義創作，有了新的汲取之源。那一時期的新探索小說，為新時期的中國文學真正打開了世界文學的天窗，也在無意間，給後來可能產生的神實主義小說做了現代性的文學準備。

莫言以《紅高粱》的寫作，讓中國文學有了騰飛的欲望，而在當時並不如《紅高粱》那樣使人振聾發聵的《透明的紅蘿蔔》，則被後人更為回味和咀嚼。但若從神實主義去考查莫言的小說，長篇《酒國》，則更有非凡的意義。直到現在而言，因為莫言寫作的多變，恣意汪洋的文風揮灑，把中國傳統寫作與西方現代寫作的融會結合，儘管研究者甚多，但並沒有一條寫作之線被研究者從莫言的小說中真正抽拔出來。批評家對莫言的研究，更多的還是從拉美魔幻現實主義突破或切入。而莫言則更多地談他與福克納的某些聯繫和對這位美國老人的欣賞。然而，如果從神實主義去看待莫言的創作，也許我們可以把莫言龐大、複雜的寫作，理出更為清晰的頭緒，讓他小說中超越現實主義的那些部分，架構更為明朗，內容也更為使人易於理解和富有東方文學的中國意義。回到

《酒國》上來，因其結構和寫作方法的過分複雜，致使作家在語言上的才華也因為結構而受到限制與揮灑。也因此，使這部小說至今還不為讀者和一些批評家真正理解和接受。《酒國》在小說結構學上的意義，自然不可小覷，但它在神實主義寫作上的價值，則更為值得探討和追究。小說的故事，是圍繞著「紅燒嬰兒」這一事件展開的，而今天人們對《酒國》的閱讀，都把「紅燒嬰兒」這一核心內容，停置於誇張、狂歡、想像、魔幻的層面之上，而所忽略的，卻正是《酒國》是那麼直接、鮮明地把我們文學中的「神似」之傳統，率先轉化成了不被人們真正接納的「神實」。其後的《豐乳肥臀》，開篇三萬多字，寫的就是人們在生育中對「生人」的漠視和對「生驢」的重視，這也正是神實主義寫作中更為注重的「生活中被掩蓋的精神」，而非生活與現實的某種邏輯的真實。只不過這裡寫的「生活的精神」，是陽光的另一面，是白晝之後人們都閉眼睡眠中的暗夜之難以觀察、也不願去正視的一條黑色的幽谷。《檀香刑》最被人們詬病的是故事中對人之「刑解」的描寫，但這種「刑解」卻和《酒國》中「紅燒嬰兒」一樣，有著從「神似」走向「神實」的健筆。從神實主義的門洞走進莫言的小說，《生死疲勞》則更為意義。主人翁在最典型、突出和漫長的中國歷史中「六道輪迴」，託生為豬狗的行為、命運與敘述，從現實主義去討論，這只是小說故事的展開、推進、演繹的形式和結構。是外衣而非內核。但若從「神實主義」去考查這部小說，「六道輪迴」恰恰是小說內容的組成，是神實主義對現實主義寫作的豐富，也是現實主義寫作向神實主義進一步的靠攏。

從神實主義去理解《生死疲勞》這部莫言之「快作」，有其更多的審美意義。與之相論而言，韓少功的《馬橋詞典》，張煒的《古船》和《九月寓言》，陳忠實的《白鹿原》，李銳《無風之樹》和《萬里無雲》等，這些作品都不是神實主義之作，但其中都不乏「神實主義」的精采之筆墨。

關於神實主義的當代寫作，這兒必須要強調的不是作家在寫作中如何地「神」——神奇，神祕，神經。而是要透過「神的橋梁」，到達「實」的彼岸——那種存在彼岸的「新的現實」和「新的真實」，是今天奉行的現實主義無法抵達和揭示的真實與現實。凡為現實主義無法跟進的幽深之處，神實主義恰可路通橋至，如聚光燈般照亮那幽暗的角落。一切被隱蔽的荒謬與存在，在神實主義面前都清晰可見，明白無誤，可觸可感。神實主義留給我們寫作的困境是，我們是否能夠在提筆時真正地摒棄現實主義寫作的某種習慣性思維和約束，正視現實主義描寫、感知世界的表層之下的那種被遮蔽的、無法感知的世界的內部，真正搭上神實主義的擺渡，發現和洞明江水東流那情理之下的暗漩和逆流，發現現實生活表面的邏輯因果之背後那種看不見的、不被讀者、情理與因果邏輯認同的那種荒謬的真實和存在。

王安憶的小說《我愛比爾》寫實而明快。小說中有個情節使人久久想念，稱頌不已。她寫一群女罪犯在監獄裡邊，因為春天到了，百草皆綠，萬物花開，一切植物都從冬眠中甦醒過來。而這些女罪犯也因為春天的到來而性情復甦，她們莫名地煩躁和激情。於是，開始了彼此之間對對方人格和肉體的辱罵和打鬧。這個「春天和女性神祕」的情節，是《我愛比爾》的神來之筆，有一種內真實和內因果存在其中。這種內真實和內因果，正是神實主義與其他小說最大、最根本的區別。是作家的「神實」之筆，一下子讓讀者搭上了神實主義的因果擺渡，走進了日常間我們無法看到、也無法體會的人物內在之邏輯。又如賈平凹的《廢都》開篇，寫到莊子諜在大街上爬在奶牛肚子下吮吸新鮮奶汁，這個被幾乎所有讀者、論者都感到「突兀」、「隔離」的情節，也正是神實主義最為顯明的無意識嘗試。所謂遺憾，只是這樣的神實主義描寫在《廢都》中太少太孤，獨木難支，因而才給人一種唐突之感。但只此一處，也讓我對此感佩不已。還有遲子建的《逆行精靈》等作品，在現實主義寫作中神實主義的靈光一現，也同樣使人感嘆和欣慰。

就當代文學的神實主義寫作而言，楊爭光的《老旦是一棵樹》和若昂・吉馬朗埃斯・羅薩的《河的第三條岸》有著異曲同工之妙，而且更有內真實和內因果的力量。在《老旦是一棵樹》中，老旦是因故移民到某村落戶的農民，可他是走到哪兒都要在心裡為自己樹立一個對手和敵人的人。不這樣，他就覺得人生的不踏實、不真實。如此，老旦終於又在新的環境中無端地給自己找到了一個對手和敵人。故事沿著主人翁無意識的內真實的邏輯發展，小說的最後，老旦終於把自己的敵人——那個無辜的生命殺掉了。這部小說的內真實——內在的心理邏輯不光是老旦的，也是社會、國家和人類的。它使人想到卡夫卡零因果的《審判》那部偉大的小說，但《老旦是一棵樹》要比《審判》在故事源頭的因果上真實、可靠得多，更給讀者一種「經驗與發生」的感受。這也就是內因果與零因果的不同。但《老旦是一棵樹》和當代文學中有神實主義色彩的其他寫作一樣，又最終都被強大的現實主義和現實主義的全因果所吞沒。所以，神實主義在寫作中剛有小河之相，就又不得不沉入現實主義的大湖之水。批評家和讀者從中看到的不過是這些作家與另一些作家不同的寫作個性，而非神實主義的可能。神實主義存在於當代小說之中，但最終還是不被人們認識和提及。

神實主義之傳統存在

神實主義寫作在當代文學創作中是剛剛開始，還是在批評家和讀者的忽略中已經成形漸果，這不是一個作家應該關心的問題。我要說的，是神實主義不是哪個作家明悟洞開的發明創造，不是一個作家的夢中囈語，而是在中國古典文中早已有之。無非我們沒有從神實主義的角度去考查和追究。比如《西遊記》中豬八戒在高老莊的所行所為，他對凡塵世俗生活的嚮往渴求，又如何不是神實主義的最先筆墨呢？師徒四人到西天取經，九九八十一難，妖魔們都想煮吃唐僧肉以求長生不老，這又哪兒不是神實主義在現實生活中人對死亡之恐懼最真實的精神移植？《聊齋志異》是被我們蓋棺定論的志怪小說，而其中的〈狼〉、〈嬰寧〉、〈陸判〉、〈促織〉、〈聶小倩〉等等，都是多麼的「神實」精製，讓人感嘆。《聊齋志異》中許多篇目其從「神」向「實」的掘進，都顯得靈巧輕捷，而又入木三分。社會之「實」和人心之「實」，都被蒲松齡的「神實主義」之筆光，照亮了現實生活之目無法視見的幽暗之角落。除此之外，《三國演義》中的「借東風」和《封神演義》中的諸多情節，也都有神實主義之筆法韻味，只不過那兒的神實主義，太過於神，而輕疏於實。

魯迅的小說，毫無疑問是我們後來者難以超越的典範，《吶喊》和《徬徨》，是魯迅成為現代文學巨擘的山峰。然而，也有人更願意推崇和研究他的《故事新編》。魯迅說他的《故事新編》「其中也還是速寫居多，不足稱為『文學概論』之所謂小說。敘事有時也有一點舊書上的根據，有時卻不過信口開河。而且因為自己對於古人，不及對於今人的誠敬，所以仍不免時有油滑之處」。由這段《故事新編》的序言說明，魯迅並不怎樣看重他的《故事新編》。而且在這段話中，除了魯迅的自謙，也確實可以讓我們看到《故事新編》的許多篇章中，文字鬆散，存有油滑之嫌。但恰恰在這部不為魯迅看重的《故事新編》中，又幾乎篇篇都有神實主義之趣之意。筆寫古代，意在當今；神為橋梁，實為彼岸；古是故事之驅，今是用意之的。以其最為著名的〈鑄劍〉為例，這篇最初名為〈眉間尺〉的小說，實在道盡了任何一個時代權勢的殘暴。而當魯迅的小說筆指封建權勢之時，在《阿Q正傳》中，趙太爺家兒子考上秀才之後，阿Q也跟著自覺光彩起來，稱自己也是秀才的本家，還長著秀才三輩。於是趙太爺把阿Q叫到家裡，狠狠地給了他一個耳光，並罵道：「你怎麼會姓趙！——你那裡配姓趙！」而在〈鑄劍〉中，寫到因為封建權勢的殘暴和抗爭——王的頭和眉間尺的頭在大鼎沸水中相鬥廝咬時：

王頭剛到水面，眉間尺的頭便迎上來，狠命在他耳輪上咬了一口。鼎水即刻沸湧，澎湃有聲；兩頭即在水中死戰。約有二十回合，王頭受了五個傷，眉間尺的頭上卻有七處。王又狡猾，總是設法繞到他的敵人的後方去。眉間尺偶一疏忽，終於被他咬住了後項窩，無法轉身。這一回王的頭可是咬定不放了，他只是連連吞食進去；連鼎外面也彷彿聽到孩子的失聲叫痛的聲音。

兩者比較，《阿Q正傳》的文字考究，結構嚴謹，細節充沛，人物描寫可說個個生氣入木，實在是現代文學中的扛鼎之作。而〈鑄劍〉的語言、對話、結構，比起《阿Q正傳》就沒了那麼精到準確。甚至有的段落，給人一種粗疏簡陋之感。然而，在封建權勢給「人」帶來的侵害這一點，〈鑄劍〉卻絲毫不比《阿Q正傳》給我們帶來的震顫和思考差。當然，《阿Q正傳》的文意，決然不僅僅是告訴我們人在封建權勢面前走入血液的精神勝利法；〈鑄劍〉也決然不僅是以一個傳奇故事來傳遞人和權勢爭鬥的智慧和意志。但卻在這共有的一點上，為什麼〈鑄劍〉會給我們更深的詫異和驚愕？比起《阿Q正傳》有一種完全不一樣的審美和思考？這也正是現實主義和神實主義所帶給我們不同的審美驗效。現實主義寫作，歸根結柢，你要建立在「實」的基礎上。而神實主義，你可以建立在「實」的基礎上，也可以建立在「神」的基礎上，尤其重要的，是可以、也必須建立在「神→實」或「實→神」相合的「神實」基礎上。

在《故事新編》中，魯迅多是以寫實的筆調，去寫神仙或神人與英雄。總之，他是把那些高高在上或遠遠在傳說中的偉大，首先降到人的位置，或說一把將他們從天空拉到地下，從遙遠拽到眼前，從而開始近距離的端詳你，審視你，然後描寫你。這在他最早的〈補天〉中，就已經有了這樣的筆之律法：

> 女媧忽然睡醒了。伊似乎是從夢中驚醒的，然而已經記不起做什麼夢；只是很懊惱，覺得有什麼不足，又覺得有什麼太多。

原來像女媧這樣的人之仙祖，竟也還要睡覺，竟也還會做夢，竟也會有莫名的煩躁。在〈奔月〉裡邊，嫦娥這樣的仙婦神女，也會為每天只能吃單調的烏鴉肉炸醬麵而抱怨嘮叨，一如農家的家庭怨婦。老子是我們民族的智慧之神，孔子的先生，碩大無比的哲學家，可在〈出關〉中，在孔子來訪離開之時，老子這樣的大智人，哲學家，也要耍些小的聰明，鬥些心眼狡黠。眉間尺為了復仇，可以「舉手向肩頭抽取青色的劍，順手從後項窩向前一削，頭顱墜在地面的青苔上」。如此視死如歸的十六歲的青年，在面對落入水缸中的老鼠時，是讓牠淹死還是讓牠活著，竟也會那樣的猶豫不決，再三反覆。魯迅實在就是魯迅，他在那時，一九二二年至一九三五寫作《故事新編》之時，已經給今天的神實主義寫作埋下了伏筆，做了那麼好的筆法鋪墊，告訴我們，一切的文學主義——包括神實主義，歸根結柢，都是為了「實」，為了「人」，而不是為了「神」之本身和遙遠的模糊。所以，當我們今天從當下的寫作出發，朝遠古走去、讀去時，無論那些偉大的經典神話，還是再也難以複製的志怪小說，它們給神實主義提供的營養，都不應該是如何「神話」、「志怪」、「新編」的，而應該是如何由神而人，由怪而常，由編而實的。是如何通過「神實」這樣一條通道，抵達至我們肉眼無法目視的那種荒謬、怪異的真實和因為荒謬怪異，就被讀者誤以為不存在的存在。

無論如何，於人和現實而言，在今天的閱讀中，《西遊記》不免給人一種為了神話而神話，《聊齋志異》給人一種為了志怪而志怪，而《故事新編》，也難逃為了新編而疏遠「人」與「實」的偏離感。但這些偉大的作品，都在告訴我們今天的神實主義寫作，有一條由來已久的傳統之源，而非寫作的割斷與橫空出世，曠世孤立。與此同時，這些作品也在提醒我們，今天的神實主義創作，最決然不可的，是在寫作中為了神實而神遊，脫離了實在而神奇，於現實世界和現實中的「人」，出現上述所說的疏遠與偏離。

神實主義在現代寫作中的獨特性

當下的神實主義寫作，無法擺脫二十世紀世界文學的影響和支持。正如今天任何一個孩子手中的電子遊戲器，無論多麼簡單明瞭，都無法脫離整個二十世紀的科技與頭腦。世界越來越小至村東的狗叫聲，會把村西的人從夢中驚醒。在當今的世界中，沒有一種物體、文化可以擺脫其他物體和文化而獨自存在——文學亦是如此。如神實主義無法擺脫中國傳統而橫空出世一樣，神實主義也無法擺脫世界文學的現代寫作而獨存和孤立。從某個角度講，或從當今文壇最重要的一些作家的寫作說開去，西方二十世紀的文學經驗，在相當程度上，給我們的滋養，絲毫不亞於中國傳統文化所給予的灌輸和吸納。二十世紀的寫作經驗，已經成為今天中國作家血液的動脈或靜脈之一流。而今天已經存在還沒有被讀者和批評家真正認識的文學中的神實主義，自然也無法脫離二十世紀的現代寫作而孤立獨存。甚至可以說，正是三十年來中國作家對西方現代派和拉美文學的借鑑，而催生、孕育了中國土壤中深埋的神實主義的文學之種粒。荒誕、魔變、誇張、幽默、後現代、超現實、新小說、存在主義、魔幻現實主義等等現代小說的因子和旗幟，之所以總是被讀者、論者、推銷者拿來生硬地朝中國作家的頭上和作品上武斷地大栽大扣，是因為我們當代文學的寫作中，確有太多對人家的借鑑和吸納，乃至生硬的照搬與套用。正如為了自己的婚姻，要去鄰居家借一件衣服裝飾一樣。借人家的衣服最終是要脫下還去的。在成就了你的婚姻以後，自己的孩子也是要孕育出生的。神實主義就是這樣婚姻的孩子。說到底，脫不掉外來的干係，一如沒有當初人家衣服的光鮮，就難有那樣一場文學的聯姻。只是真正的婚姻育子，快捷的也就一年二年，稍慢的也無非三年五年。可文學的借鑑與育子，卻一定要十年八年，或者二十年三十年，甚至更為長久的年頭歲月。

現在，當代文學中的神實主義，大約也就是這樣的出生境況。與其影響由來的中國古典文學和世界現代文學相比較，「神實」決然不是為了「神」，而是為了「實」和「人」，這是最為根本的不同。其出發點的差向，必然決定終點和目的的南轅北轍。目的向實向人，這是神實主義文學的根本之本。如果可以不那麼準確、且不排除粗疏和武斷的論略，我們大約可以說自現實主義真正產生之後，發展至十九世紀的高峰，其大的走向，是由社會向人——人是社會之人——如果沒有社會的存在，也就難有文學中人的存在。總之，社會——現實，是人的舞台，也是作家寫作展開的舞台。而到了二十世紀，社會這個舞台逐漸地隱去；而人——單個的人，成為了文學思考舞動的中心。社會屈居於「人」的背後。環境是人的組成，而不是人的外部世界。人或單個的人，逐漸成為透視環境與現實世界最為重要的孔洞——十九世紀，由社會去透視人；二十世紀，由人去透視社會。

這種說法並不能讓所有的人都認同言可，因為許多時候，他們兩者彼此混合，又此消彼長，難分高下主次。但大體這樣說來，也不免為認識之一種。從這種認識踐行踐言，神實主義從目的上說，不單是為了更深刻的認識社會——荒謬、複雜的深層現實（歷史是現實之一種）；也不單是去剖析更為複雜、荒謬的人的存在，而是更為渴望如現實一樣，把人與世界視為不可分割、剝離的一體——如那個孩子手中最簡單的遊戲器無法脫離最複雜一體的科技革命樣。而從實踐的方法與途徑上說，西方的現代性寫作，推動故事與人物演進的多為零因果和半因果。零因果和半因果在二十世紀的文學中，成為故事的起動器或者推進機，傳統的全因果邏輯成為寫作的笑柄而被那些旗手所唾棄。故事中的全因果邏輯如同被作家紛紛掙脫的鏈鐐，零因果和半因果終於成就了二十世紀文學山峰的基石和森林中盤根錯節的根鬚，前如卡夫卡的《變形記》、《城堡》和貝克特的《等待果陀》、尤涅斯庫的《禿頭歌女》等，後者如拉美的魔幻現實主義的傑作《百年孤寂》。零因果與半因果對故事的意義和文學的改變，前文已經述說，這兒自不贅言。但作為對中國當代寫作產生最廣泛和深刻影響的這兩脈文學，自然會如土地與水樣影響著神實主義寫作在二十一世紀創作中的成長與獨立。

神實主義在其出發點上與西方現代寫作獲得了不同之後，它有了獨有的去向和目標。而在途道與方法上，自然也在尋找著自己的道路與步伐。當明白二十世紀的寫作是在世界文學的鏈環上，打破了十九世紀故事的全因果鏈環，而獲得了零因果和半因果的現代寫作——事實上，無論是零因果，還是半因果，都是對全因果的反動。都是對文學中如同時間一樣無法逃離的因果的豐富和創造。那麼，到了中國文學中的神實主義，當代的許多作家與作品，經過二十多年的思考與努力，寫作與實踐，也大約終於找到了逃離和擺脫全因果、半因果、零因果鏈環的裂隙——那就是看到了文學中的「內因果」。無論是文學中的全因果，還是半因果和零因果，都還是一個「外因果」的一圓鏈環——全因果是零因果的開始；零因果是全因果的結束；半因果是兩者兼之的揚棄和兼顧。如此的分析與理解，也恰好可以把此三者視為外因果的一線或一環，而內因果又卻是這一環間的中心，或是這一線因果真正的起點或結束，是與它並行或對立存在的一種新的因果的開始。

神實主義寫作中所追求、推動故事展開和人物變化的原因，離不開全因果、半因果、乃至零因果的支持，但更多的是仰仗內因果的發酵和推進。讀者不再能從故事中看到或經歷日常的生活邏輯，而是只可以用心靈感知和精神意會這種新的內在的邏輯存在；不再能去用手腳捕捉和觸摸那種故事的因果，更不能去行為的經歷和實驗，而只能去精神的參與和智慧的填補。

神實主義中的內因果，是不能生活經歷、只能精神體會的新因果。故事中內因果的深層邏輯的確立與準確，正是它在寫作中與荒誕派、後現代、超現實以及魔幻現實主義等西方現代寫作在實踐中的最大區別，是神實主義在整個中國文學乃至世界文學中賴於個性獨立的根本所在。而這兒強調的內因果的深層邏輯——則為神實主義之核中的「人之靈魂、生活之精神、現實中幾乎無法感知的邏輯之血脈」，推動著小說故事與人物的演進與變化。大家熟悉的因果關係——包裹已被廣泛借鑑於寫作中的零因果和半因果，不是消失無存，而是被改變、修正或是退居於背後，讓道於內因果。也正是從這個內因果出發，我們可以重新去認識《生死疲勞》、《酒國》等那樣的小說。可以重新理解

《兄弟》中那被人詬病不齒的荒誕情節和描繪。還有《心靈史》、《馬橋詞典》、《白鹿原》、《九月寓言》、《古船》、《小鮑莊》、《無風之樹》等等一大批優秀作品中那些溢出現實主義框籃的某些奇異的神實與神實的奇異，理解它們走向「新真實」的一種努力與途徑。

也許，在豐富的當代文學創作中，神實主義是剛剛開始的一個端倪，但它作為小說的一隅院落的門扉，在被漸次地打開之後，讓讀者所看到和通向的遠處，正是既開闊、遼遠，又複雜、荒謬的「新真實」和「新現實」與「不一樣的人和社會」之深處真實的可能。

神實主義的規則和卜卦

在已經出版的當代文學作品中，我們也許還拿不出神實主義寫作的經典範本，但那種鮮明的寫作卻早已開始，並在許多作家們的寫作中普遍存在。可惜這種存在又是一種有意無意的嘗試和散落，如隨風而逝的種子隨意地在荒野和山坡上開花和結果，頗有自生自滅的荒莽和聽天由命的無為而治。因為，小說不能如一棟大樓般，必須先有設計方案和規劃圖紙，而後才有大樓的建築和巍峨的奇觀。小說的神祕，就在於作家在沒有寫出作品之前，連同作家本人，也難以說清它真正、完整的起伏和樣貌。X光和核磁之類的進步與發達，無法把作家頭腦中的構思、想像拍出來。這就是說，給未來的某部小說、某類寫作畫出圖紙，定出條例規則，是一件愚蠢的行為。無人管梳的荒莽，也許是文學最好的生長環境。生則生之，滅則滅之；生之所以要生，是因為必然要生；滅之所以要滅，是因為必然要滅。一部偉大小說的誕生，靠的決然不是人多勢眾和腿勤腳快，而是作家個人的明悟力、意志力和他的天地造化。但因為這樣，就把作家對故事的敘述，視為將情節之水倒在地上由它隨意地流淌，那也是一樁愚昧的事情。對於神實主義寫作，就一如對待這散落在荒莽的野種，不可過分精心的水鋤，也不可相遇又視而不見，使好的種子因落在石板上而自然死亡。

有一則名為〈母親的心〉的民間傳說，如果不能說它是神實主義，但起碼，可以由它來說明神實主義模糊的規則和隱約的樣貌與形體：

說在山澗深處，住著母子二人，孤苦寂寞，相依為命，但兒子卻聰慧勤快，母親愛子如命。隨著歲月的伸展，兒子早已到了婚娶的年齡，這樣在母親的焦急之間，忽然有一天，皇帝的女兒突然向天下人公開招婿，條件只有一個，那就是哪一個小伙子可以把他母親的心挖出來當成碩紅的鑽石獻給公主，那他就是皇帝家的乘龍快婿了。

兒子在聽到並看到這一告示後，迅速回去把消息告訴了母親。母親聽後無言，依舊如常地給兒子做飯洗衣。然就在這天黃昏時，兒子上山砍柴回來，他把柴禾放在院角，叫了兩聲母親沒有聽到回應，走進屋裡，看見飯桌上一如往日地擺著菜盤，菜盤上又扣了一個擔心炒菜放冷的碗。於是，兒子順手把那扣碗揭了起來——原來，那碗裡扣的不是一盤炒菜，而是還掛著水濕、冒著熱氣的他母親的桃似的一顆血淋淋的心。

兒子愣然地站在那顆心前。

從哪兒傳來了母親說話的聲音：「兒啊——你趕快捧著娘的心，趕在落日之前去獻給公主吧。」

如此，兒子就用雙手捧著母親那滾燙、柔暖的心往山外皇宮跑去，希望能在落日之前，趕到宮殿，趁那心還是熱的暖的，獻給漂亮、富有、受人尊敬的公主。可是由於他在山路上跑得太過著急，猛地跌倒在了地上，他手裡的心便落在山坡上，滾出了很遠很遠。這時，兒子渾身一緊，生怕那心被弄髒摔破了公主不要，一如擔心一顆鑽石滾落地上破了、丟了一般，他慌忙從地上爬起，四處找著那滾落在石縫、枝葉間的母親的心。也就在他四處尋著、找著時，他又聽到了母親的心在一蓬枝葉間開口說道：「兒啊——快起來。你摔疼了嗎？如果哪兒破了前面河邊就有止血草。」

結果，兒子在黃昏落日之前，把母親還溫暖的心趁熱獻給了公主。三天後，他就走出森林，做了皇帝家的駙馬。

這則傳說，有如下接近或吻合神實主義的一些要求：

⑴內真實的存在。即：母親對兒子無須言說的無邊的愛。

⑵因為內真實在故事中產生，並主導故事的內因果。母親之所以會在死後還能發出聲音，那是因為有一顆永遠愛著兒子的心；一顆血淋淋的肉團的心臟之所以會開口說話，詢問和囑託兒子，也是因為那個內真實的存在。

⑶有什麼樣的內真實，必然有什麼樣的內因果。內真實決定、並左右著內因果的神實主義的寫作走向和故事的展開與結果。其特點是：第一，它不像全因果一樣在因果關係上具有對等性，什麼樣的原因，必然有什麼樣的結果；多麼大的原因，必然多麼大的結果。第二，內因果在神實主義中不像零因果的原因和結果那樣無其必然性和邏輯性——其故事的邏輯關係不一定有其「生活的真實性」。如格里高爾無來由地變成了一隻巨大的甲蟲；《城堡》讓土地測量員走不進城堡的具體、實在的根由是什麼。神實主義中的內因果——那個內在的原因要摒棄的是「生活的」、「發生的」、「經驗的」——可知的因為；要尋找、抓住、塑造的是看不見、似乎沒有、卻又必然存在於每

個人的靈魂和精神中的內在的原因。第三，它和半因果的區別，在於神實主義寫作中，內因果不像半因果那樣不能超越零因果和全因果。半因果的重心只能滑動在零因果和全因果之間。而內因果強調的恰恰是這個超越——如上述傳說中那顆開口說話的母親的心，它有可能並可以說出一切愛兒子、恨兒子的任何的話，做出一切可能的事。

超越其他一切因果的侷限，是內因果最大的可能，也是神實主義可能最為獨有的審美與魅力。

(4)在我們列舉的內真實的故事事例中，如《河的第三條岸》、〈鑄劍〉和〈母親的心〉等，都是從一個內真實的源頭開始展開、敘述一種近乎全因果的故事，少見在內因果的源頭之後，有半因果與零因果的參與，從而使內因果最終都又不得不落入神話、寓言、傳說的巢穴，如同我們理解、論說中總是把卡夫卡和寓言結為一體一樣。如此，倘若在神實主義寫作中，因果邏輯不是僅有一種或一個內因果的源頭，而是內因果的多源並舉，如同半因果在《百年孤寂》中無處不在，那麼，這是否就可以把神實主義從寓言中解放出來？讓它獨立天下，成熟並穩固於讀者心中？如果在內因果多源之後的故事敘述中，可以把零因果、半因果也都引進故事的邏輯之內，那麼，我們理解的神實主義是否會更為清晰和豐富？

(5)神實主義真正的困境不是我們對內因果、半因果、零因果和全因果的分配使用，不是我們要讓內因果處於一個神聖的高位，其他因果身處輔助的低就，而是一個作家面對現實生活、現實世界敏銳的慧識。說到底，一個講述故事的人，你的講述不能抵達人、社會、世界的深層真實，走入讀者、論者看不見的幽深之處，什麼樣講述的方式都將失去探索、審美的意義。因為有無法抵達的某種深層的真實存在，無法以習慣表述的真實存在，神實主義才有了它的產生意義；如果作家無法洞明那種習慣無法表達的深層的真實，神實主義也就是寫作中成了故弄玄虛的花拳繡腿，一如矮子出場時踩著高蹺一般。

反覆的重複——「神」是手段，「實」是目的；以其「實」而使「神」換取深刻現實、深層真實的意義和在讀者中的小說生命，這是神實主義前提的前提。

(6)當寫作果真存有方法、路線時，那麼，寫作的前景必然是作家的墓地。這也正如觀看球賽前就知道球賽的結果，使觀看失去了它大半的魅力和趣味。如果算命先生的話句句是真，每個人的未來人生，都將毫無意義。之所以我們總要算命，是因為它總是算得不準而偶有應驗。倘若他次次應驗，我們必然恐懼而最終也不敢面見神仙。神實主義寫作的閒言贅語，多有一個算命先生的嘮叨之嫌——我們從來沒有聽說過一個算命先生向我們解釋他本人的未來命運。許是他本就不信，卜卦只是一種為了生存的欺騙；許是他把對自己未來的洞見知而不語，放在心中作為天言而永不告人。有則佛悟的故事，與寫作很有明洞之意，說是有位出家人，聰明慧智，在廟裡勤讀苦攻，卻終是不得醒悟，一同離家的僧者，大都醒開後到了他寺，做了住持，只有他還在那廟裡捧經敲木，日復一日。終於有天，他問高僧師父：「我為何不能成佛？」師父答：「你太聰明了。」又問：「如何才能笨些？」師父說：「種地去吧。」出家的聰明和尚就丟下經書，開始到廟旁種地。原初，小和尚並不會耕作勞種，不知春發秋果，不明四季作耕，可他明智好學，勤於吃苦，第一季雖禾瘦歉收，第二季卻有了豐旺景象。到了第三年的秋天之時，廟旁田地，已經是果實累累，色豔味香，一派天景的風光。可高僧師父到了這兒，望著這番豐景，緊緊皺了眉頭，半晌無言無語。和尚問：「師父，我種得不夠好嗎？」師父答：「太好了。好得過了。」和尚有些氣餒，生氣地問：「難道說是不好才好？」師父答：「你再種三年地吧。」言畢，師父悵然而去。從此，小和尚種地不再走巧，不再過力精心，只是隨季播種，雨後鋤草，秋日收穫；冬天休地貓冬，春耕伸腰鋤禾，有些懶散，有些惰安，可那田那地，卻也一樣景光豐饒。就這樣又過三年至秋之後，高僧師父再從廟裡來到田旁，見該收的莊稼因未收而有些臥伏，該下架的瓜果，因未下架而稍稍有些蒂枯。師父四處尋找徒弟，卻在田裡沒有跡象，到了遠處庵內，見小和尚正躲著太陽，在庵裡鬥著蛐蛐，且見了師父，不驚不喜，只是欠了身子，示意師父坐下，就又專心地鬥著自己的物蟲。

師父問：「你知莊稼該收了嗎？」

和尚說：「哦，忘了。」

師父問：「學會種地了吧？」和尚不假思索：「又不會了。」師父問：「蛐蛐鬥得可好？」和尚如實說道：「正在學哪。」師父一笑：「你開悟了，可以走了。」和尚走後，到他廟誦經播教，後來成了高僧中的高僧。

這則佛事，是悟佛的趣說。比之於佛事，文學大約也是此理。那麼，神實主義寫作，之於我，既是佛事，也是寫作的算命卜言；之於當代文學，則是卜卦先生把昨天的所見當作明日預見的祕文而告訴他人。一切的莊嚴，都可在一笑間轉身他去，一如一個遠途的行者，在路邊喝茶聊天之後，還要沿著自己原有的路線，獨自孑然孤寂地遠行。背著行囊，如背著等待變為紙筆的時間。

二〇一〇年十月十日——十二月三日於北京花鄉七一一號院

注釋：

❶埃爾溫·吉多·科爾本海爾，主要作品為《帕拉塞爾蘇斯》三部曲，主人公「帕拉塞爾蘇斯」是煉金術士，他的醫術和研究建立在直覺和神祕的基礎上，預言將有一個元首出來建立真正的德意志第三帝國，因此受到納粹的特別喜愛和推廣。小說一九四〇年出版，是第三帝國文學「古為今用」的標本，見韓耀成《德國文學史》，第三六八頁，南京，譯林出版社，二〇〇八。

❷保羅·約瑟夫·戈培爾，作家，納粹黨宣傳部長。他的小說《邁克爾：日記記載下的一個日耳曼人的命運》以詩化的語言表達政治信仰，吸引了德國一戰之後戰敗民族中那些耿耿於懷的年輕人。見J·M·里奇《納粹德國文學史》，第四四頁，上海，文匯出版社，二〇〇六。

❸維·葉羅菲耶夫（一九四七—），當代俄羅斯著名作家。

❹見《世界文學》二〇一〇年第四期，第六四頁，王宗琥翻譯。

❺《邊城》，第二二頁，太原，北岳文藝出版社，二〇〇二。

❻《巴金先生紀念集》，第四四二—四四三頁，香港，香港文匯出版社，二〇〇五。

❼法布利斯——司湯達小說《巴馬修道院》中主人翁。

❽庫切：《異鄉人的國度》，第三〇頁，汪洪章譯，杭州，漸江文藝出版社，二〇一〇。

❾❿⓫托爾斯泰：《安娜·卡列尼娜》序言第六頁，一〇一五、一〇一七頁，上海，上海文藝出版社，二〇〇四。

⓬托爾斯泰：《安娜·卡列尼娜》，第一〇一九頁。

⓭弗蘭克——杜思妥也夫斯基傳記作者。

⑭庫切：《異鄉人的國度》，汪洪章譯，杭州，浙江文藝出版社，二〇一〇，

⑮⑯杜思妥也夫斯基：《罪與罰》序言第三頁，第一頁，岳麟譯，上海，上海譯文藝出版社。

⑰⑱杜思妥也夫斯基：《罪與罰》，第一三〇——一三一、一三二——一三三頁。

⑲⑳杜思妥也夫斯基：《罪與罰》，第四八七、六一二——六一三頁。

㉑《卡拉馬佐夫兄弟》第三部第一卷「阿廖沙」末段。

㉒劉再復、劉劍梅：《共悟紅樓》，第二三一頁，北京，生活·讀書·新知三聯書店，二〇〇九。

㉓《卡夫卡文集》第一卷《變形記》，第一五頁，李文俊譯，武漢，武漢大學出版社，一九九五。

㉔周作人：《人的文學》，《周作人小品》，廣州，花城出版社。

㉕汪曾祺：《沈從文在西南聯大》，《蒲橋集》，第四六頁，北京，作家出版社，一九九一。

㉖㉗㉘㉙《卡夫卡文集》第一卷《變形記》，第一六、一九、二四——二五、六二頁。

㉚《卡夫卡文集》第一卷《變形記》，第六五頁。

㉛㉜《卡夫卡文集》第一卷《變形記》，第六五、一七三——一七四頁。

㉝安徒生童話。

㉞《城堡》小說開篇第一段。

㉟㊱《城堡》，第二八二頁，武漢，武漢大學出版社，一九九五。

㊲法國荒誕派戲劇家歐仁·尤涅斯庫的代表作《禿頭歌女》戲劇故事。

㊳菲利普·羅斯，美國作家，一九三三年生於新澤西州，主要作品有《再見，哥倫布》和《波之特的怨訴》等。

❸❾❹⓿❹❶❹❷❹❸❹❹❹❺❹❻《百年孤寂》，黃錦貴、沈國正、陳泉譯，第一八、三八、一〇、三九—四三、六三、七一、三二、一〇一頁，上海，上海文藝出版社，一九八四。

❹❼《變形記》第一段。

❹❽《百年孤寂》第一段。

❹❾《安娜．卡列尼娜》的第一句。

❺⓿卡夫卡小說《審判》中的人物。

❺❶《百年孤寂》，第一二二頁。

❺❷《包法利夫人》的主人翁。

❺❸《包法利夫人》上卷第六節。

❺❹卡夫卡小說《判決》中的人物。

❺❺富恩特斯，墨西哥作家，主要作品有《阿爾特米奧．克羅斯之死》、《最明淨的地區》等。

❺❻柯塔薩，阿根廷作家，代表作有《跳房子》等。

❺❼❺❽馬奎斯《百年孤寂》，第二二五頁。

❺❾華特．迪士尼（一九〇一—一九六六），美國動畫片及「迪士尼樂園」製作人。

❻⓿《番石榴飄香》，三聯書店，一九八七。

❻❶❻❷❻❸《番石榴飄香》，第七〇、八〇、六五頁，北京，生活．讀書．新知三聯書店，一九八七。

❻❹《馬爾克斯中篇小說集》（繁體譯《馬奎斯中篇小說集》），第一八頁，上海，上海文藝出版社，一九八二。

❻❺《馬爾克斯中篇小說集》（繁體譯《馬奎斯中篇小說集》），第一八頁，上海，上海文藝出版社，一九八二。

❻❻格雷安．葛林——英國作家（一九〇四—一九九一），代表作有《人性的因素》和《榮譽與權力》等。

❻❼《番石榴飄香》，第四一頁。

❻❽引自約翰．厄普代克為《權力與榮譽》所做之序言。

❻❾《番石榴飄香》，第一八六頁。

❼⓪吳爾芙（一八八二—一九四一），英國意識流代表作家。

❼❶《伍爾夫作品精粹》（繁體譯《吳爾芙作品精粹》），第六一頁，石家莊，河北教育出版社，一九九〇。

❼❷《達洛衛夫人》（繁體譯《戴洛維夫人》）序言，孫梁、蘇美譯，上海，上海譯文出版社，二〇〇〇。

❼❸尤索林——《第二十二條導規》中的主人翁。

❼❹《河的第三條岸》，巴西作家若昂．吉馬朗埃斯．羅薩（一九〇八—一九六七）短篇代表作。

❼❺全文選自《河的第三條岸——世界精短小說經典三十八篇》（楊幼力、喬向東譯），第六一—六八頁，本篇譯者為喬向東，海口，海南出版公司，一九九八。

INK PUBLISHING 文學叢書 301

發現小說

作　　者　閻連科
總 編 輯　初安民
責任編輯　洪玉盈
美術編輯　黃昶憲
校　　對　吳美滿　謝惠鈴　洪玉盈

發 行 人　張書銘
出　　版　INK印刻文學生活雜誌出版有限公司
新北市中和區中正路800號13樓之3
電話：02-22281626
傳真：02-22281598
e-mail : ink.book@msa.hinet.net
網　　址　舒讀網http : //www.sudu.cc

法律顧問　漢廷法律事務所
劉大正律師
總 代 理　成陽出版股份有限公司
電話：03-2717085（代表號）
傳真：03-3556521
郵政劃撥　19000691 成陽出版股份有限公司
印　　刷　海王印刷事業股份有限公司

出版日期　2011年 10 月　初版
ISBN　978-986-6135-51-4

定價　260元

國家圖書館出版品預行編目資料

發現小說／閻連科著 .--
初版． --新北市中和區：
INK印刻文學，2011.10
面；　公分. --（文學叢書；301）
ISBN 978-986-6135-51-4 （平裝）

812.7　100017458